让歌声在田野上飞扬

温锦新　著

吉林人民出版社

图书在版编目(CIP)数据

让歌声在田野上飞扬 / 温锦新著. －－长春：吉林人民出版社，2023.1
ISBN 978－7－206－19789－5

Ⅰ.①让… Ⅱ.①温… Ⅲ.①报告文学－作品集－中国－当代 Ⅳ.①I25

中国版本图书馆CIP数据核字(2022)第240719号

让歌声在田野上飞扬
RANG GESHEGN ZAI TIANYE SHAGN FEIYANG

著　　者：温锦新
责任编辑：卢俊宁　　　　　　　封面设计：吴洁华
吉林人民出版社出版发行(长春市人民大街7548号　邮政编码:130022)
印　　刷：北京荣泰印刷有限公司
开　　本：880mm×1230mm　　1/32
印　　张：7.25　　　　　　字　　数：156千字
标准书号：ISBN 978－7－206－19789－5
版　　次：2023年1月第1版　　印　　次：2023年1月第1次印刷
定　　价：49.80元

如发现印装质量问题,影响阅读,请与印刷厂联系调换。

前　言

我认为人的一生应该这样度过：无论命运把你抛到哪里，你都要就地展开搜索，做自己力所能及的事，为社会或者身边的人做些有意义的事！

1995年我高中毕业，命运将我推上了音乐教育的这一人生轨道，美好的大学时光匆匆而过，毕业后我被分配到通海中学任教，成了这所学校建校三十几年来第一位专职音乐老师。我第一次在全校发动学生参加区里的"三独"比赛，竟然发现几千人的学校找不出一个会乐器的学生。由此，我深切感受到了一个地方因长期缺失美育而产生的无奈和心酸。当时我想，虽然上天给了我一块贫瘠的土地，但我要努力地耕耘。8年里，我咬紧牙关、埋头苦干、拼尽全力开垦着这片土地，慢慢的校园艺术节、社团活动、合唱比赛等一朵朵校园音乐文化之花开始绽放，结出了累累硕果。后来，我因为工作需要，被调入了艺术中学，一年后又到了现在的工作单位——金沙中学。或许是地处城区，又或许是受素质教育的影响，这儿的学生的整体艺术素养比通海中学的学生高出很多，有三四成的学生在艺术方面有着一技之长。有了比较就会有思考：城区外究竟还有没有像之前通海中学那样荒弃着的美育土地等着人们的拓荒呢？有了思考也就有了行动：我成了一名音乐支教的背包客。支教路上又发现这样的土地不仅存在，而且是一块不小的土地，是一块凭借个人一己之力难以开拓的土地。于是，我从一名背包客转变为公益支教团队的领衔人，开始了乡村美育的拓荒之旅。团队的力量是巨大的，3年来我们的行程加起来可以绕地球半圈，我们的支教课时总量超过一名音乐老师一生的授课量，活动惠及11所乡村学校、数千名乡村的孩子……我们一起走过支教路上的风风雨雨，我们相信阳光总在风雨后，风雨过后见彩虹，心中坚信一定会有那么一天，乡村学校的美育天空能和城里学校一样艳阳高照，彩霞满天。

国学大师王国维在《人间词话》中说过这样的话："境非独谓景物也，喜怒哀乐，亦人心中之一境界，故能写真景物、真感情者，谓之有境界。否则谓之无境界。"

本书记载了3年支教路上的所见、所闻、所想、所思，虽然文笔可能有些拙劣，更不敢提及境界，但可以肯定地说，这些文字描写的都是真景物，抒发的都是真感情，讲述的都是真故事，真实地记录了一颗颗跳动的教育心、一段段炽热的教育情……

温锦新

2022年8月2日

序

但凡有做中小学音乐老师的朋友出书，叫我写个序捧个场，我一般都会欣然应允，因为我知道音乐老师出书不容易，而在这方面，我能够帮到老师们的可能也就是这一点了，所以也不管自己够不够格，只要老师们信任我，我就不会推辞。

虽然只见过一面，彼此之间好像也没有什么特别的故事发生，但我对温锦新老师的印象很好。我感觉他是那种不张扬、少言语、不做作，一味扎扎实实做事的人，我甚至觉得我们之间在为人处世上有着很多共同之处。我是一个特别看重细节的人，这些年温老师坚持不懈地转发"音为有爱"公众号上的推文，我一直默默记着并心存感激，想着某天温老师需要我时，我也一定要全力给予支持。也正因为如此，当他发给我《让歌声在田野上飞扬》的书稿并让我写序时，我很爽快地答应下来。

我和温老师相识是源于写作。记得2013年我出版《守望音乐教育》一书，该书结尾附有一则"约稿"启事，征集一线教师的音乐教育故事，留有我的电子邮箱。从那之后，我会时常收到全国各地的音乐老师发来的文章，温老师就是其中的一位。他勤思考，爱动笔，写作水平提升很快。后来，他撰写的《课堂上的"意外"享受》《邂逅的美景》分别被选入了我主编的《音乐课堂暖暖的》和《音乐课堂美美的》两本书。2018年，我在策划组织"海峡两岸及港澳地区音乐课堂教学展示研讨会"时，发现报名参会者几乎是清一色的女老师，于是我在"音为有爱"微信群里鼓动男老师参加，温老师便是积极响应者之一，他克服了重重困难，乘火车从一千多公里外的江苏南通来到了湖南长沙，我们之间便有了一面之缘。2019年，温老师撰写的《表白在瓷婚》被选入了我主编的《音乐教育情书》一书，在该书首发时出版社希望有作者提供"情书感言"短视频，他第一时间发来声情并茂的感言视频，视频还特别介绍了他及其团队的乡村美育公益支教心路历程。

　　对于温老师及其团队的乡村美育公益行动，其实我早有所闻。我是在2015年正式开始组织研究生开展乡村学校美育公益活动的，从那时起我就特别留意这方面的人和事，当我得知温老师也在做公益时，我鼓励他把他们的公益故事通过"音为有爱"公众号平台分享出来。当这些故事越来越多、越来越丰富、越来越感人时，我就想着某一天一定要鼓励温老师将它们结集出版。所以，当温锦新老师给我发来《让歌声在田野上飞扬》这部书稿时，我不仅不意外，而且深感恰逢其时，因为乡村学校美育已经得到了自上而下、从学校到社会的全方位关注与重视，学校美育要真正实现面向人人，需要有更多像温老师这样充满教育情怀、心系乡村孩子的美育公益人。温老师作为一名城市高中音乐教师组织团队做公益，实在很不容易，值得我们学习与追随。在书中，我们清晰地看到一群普通音乐老师对美育事业的热忱和对乡村孩子的挚爱，他们的创新做法与所取得的成效也在这本书中得以充分呈现，相信这本书的出版一定会影响更多的人来关注和支持乡村美育。

最后，祝贺温老师的专著出版，也期待以此为契机，温老师和他率领的金沙风公益支教团队在乡村美育公益之路上越走越远，影响越来越大，受众越来越多，为我国乡村学校美育的普及与发展做出更大的贡献！

郭声健

2022 年 8 月 28 日

作者与郭声健教授的合影

目 录 CONTENTS

敲开公益之门 …………………………………… 1
重拾初中教材 …………………………………… 4
走进骑岸初中 …………………………………… 7
去忠义，尽一名忠诚于音乐教育的老师的责任 ………… 10
从一个人到一群人 ……………………………… 14
守望者 …………………………………………… 16
守护乡音 ………………………………………… 19
创作《支教者之歌》 …………………………… 22
新年贺词 ………………………………………… 30
一次线上总结与推进会 ………………………… 34
创作骑岸初中校歌 ……………………………… 44
我把最美的歌教给你 …………………………… 50
益路同行 ………………………………………… 52
每个人的心中都装有一所母校 ………………… 55
劳动创造美 ……………………………………… 57

一次关于歌曲中谬误的争论 …… 59
在创新中寻找出路 …… 61
关于常态课的思考 …… 63
歌词创编 …… 66
探 路 …… 72
做一缕微光 …… 74
公众号的处女作 …… 76
蝴蝶效应 …… 79
一份倡议书 …… 82
申报"感动南通"教育人物 …… 84
期待与母校的合作 …… 90
走进五窑小学 …… 93
接受表彰 …… 97
感恩节 …… 100
每一个人都有热爱音乐的权利 …… 102
永不放弃,总有希望在前面等待 …… 104
牛年贺词 …… 106
一次集体备课上的发言 …… 109
辐射山东枣庄 …… 111
踩点西亭初中 …… 113
忠义初中,难说再见 …… 117
准备一节公开课 …… 119
挖尽最后一锹土 …… 124
来自枣庄的声音 …… 126
王家小院 …… 131

风雨浸衣志更坚 ……………………………………… 133
我们两岁了 …………………………………………… 136
申报"四有好教师团队" …………………………… 142
让歌声在田野上飞扬 ………………………………… 145
将课题做在祖国的大地上 …………………………… 151
乡村娃娃上央视 ……………………………………… 153
买　书 ………………………………………………… 156
流动的录音棚 ………………………………………… 161
虎年贺词 ……………………………………………… 164
我们三岁了 …………………………………………… 167
添加了两个微信好友 ………………………………… 175
参加"中国国际合唱节乡村美育论坛" …………… 178
写给支教团队中的年轻老师的一封信 ……………… 186

附支教团队老师随笔：
点亮一盏灯 ……………………………… 钱子禾／192
让阳光洒遍每一个角落 ………………… 顾昊洲／196
携手同行，一起成长 …………………… 黄　锐／201
一路同行一路歌 ………………………… 钱晓慧／206
向美而行 ………………………………… 陈　梅／211

后　记 ………………………………………………… 216

敲开公益之门

"不以物喜,不以己悲""先天下之忧而忧,后天下之乐而乐",我从中学时代起就非常喜欢范仲淹《岳阳楼记》中的这些名句,喜欢他的文字之美,更喜欢他独立、理性、敢于牺牲的人格之美。据历史记载,这位北宋名臣进京任职前在基层为官13年(1015—1028年),其间先后辗转安徽广德、亳州以及江苏泰州、兴化(今南通)、淮安五地为官。这位历史上的千古名臣到底为南通办过哪些实事呢?除了史书的记载,聪慧的百姓用一个地名永久地记住了他的贡献,那就是今南通市通州区的骑岸镇。一千多年前,当时在兴化为官的范仲淹为抵御泛滥的海潮,率领民工在此围筑海岸,始称"皇岸",由于海岸的修建,这里的自然灾害大大减少了,后人为纪念他的功劳,将"皇岸"改称为"范公堤"。常年的风调雨顺让这里的渔业与盐业兴旺起来,百姓出于方便海货交易,又造了一个东西长500米的埠头,与范公堤形成十字交叉,鸟瞰埠头大有骑在堤岸之势,骑岸镇由此得名。我们的支教故事就是从这个小镇上的一所中学里开始的。

出于一个偶然的机会,我参加南通市举办的国家森林节庆祝活动,有幸与骑岸初中的郝校长相邻而坐,因为都是"金沙风"合唱团团员,我们之间的攀谈少了一些拘束。海阔天空地聊了一会儿之后,他问我平时忙不忙,高中的音乐课务多不多。每每遇到兄弟学校的老师问起这个问题,我总是这样回答:"课务不多,其他的杂事加起来也挺忙的。"郝校长风趣地说:"前面一个问题不重要,重要的是后面还有一个问题——你愿不愿意利用空余时间到我们学校来上几节音乐课?"原来是虚晃一枪后再进入了主题。我没有立马表态,准备先听他介绍一下他们学校的情况再做打算。从他的介绍中得知,受农民子弟进城读书潮流的影响,如今骑岸初中只有3个班级,总共不到100个学生,多年来一直没有专职的音乐老师,学生已经很多年没有好好地上音乐课了。我以前以为这种情况只会发生在贫穷落后的山区,不承想距离自己居住的县城还不到20公里的这所农村中学竟然也是如此。了解情况之后,我没有推辞,肯定地告诉郝校长从下周开始就可以到骑岸初中上课。见我这么爽快地答应,郝校长有些出乎意料,又"寒酸"地补充了一句:"我们农村学校财政上不是很富裕,其他方面也不能给你什么承诺,最多只能想想办法报销点来去的汽油费。"从他的眼神中,我感受到了一位农村学校校长的执着与无奈。

  我和郝校长是在"金沙风"合唱团认识的,他爱好广泛,长跑、唱歌、摄影,当然最擅长的还是读书写作,前些年在教体局办公室工作,去年被调到骑岸中学履职,看得出来他是想干出一番事业的。此时此刻,我的脑海中想起了前不久在微信里看到湖南师范大学郭声健教授的四位研究生在王朝霞老师的带领之下默默无闻,不计任何回报地走进广州花都区高溪小学支教的故事。人是最容易受到暗示的,看着他们的故事,总是想着自己要是能参加这样一次活动该多好！现在机会来了，就要抓住它。我再次肯定地表态，并告诉郝校长，所有的支教活动就当公益奉献，不需要"报销点来去的汽油费"。

矗立在骑岸初中北部的范仲淹雕像

重拾初中教材

几天时间过去了，微信里一直没有郝校长的消息，难道是他把这件事情忘了？或者是他这几天太忙了？要不要主动打个电话过去问问？正当我心神不定时，微信里跳出来一条他的留言，问我何时能够过去，并告诉我实验中学的名师——南通蓝印花布的传承人曹晓峰老师周四要过去。我心想，那就一起过去吧。曹老师是我妻子的同行兼好友，为人随和大方，工作上有能力、有想法，把蓝印花布课程搞得红红火火，有曹老师同行，支教路上多了一个同伴。

接下来就是要抓紧时间备课。自2016年学校初高中分离至今，我已经整整3年没有碰过初中教材了，也不知道现在的教材换了没有。于是，我立马打电话给在实验中学工作的老同事朱效蓉老师，让她给我准备苏教版七八年级上学期的教材。取回一看，还好版本没有变动。于是急急忙忙在学校食堂吃了点午饭，就开始了备课。

七年级上册第一课的题目是《希望与你同行》，编者把这首歌曲安排在初中第一课是有其特定用意的。初中阶段是人生的黄金时期，孩子的人生观、世界观、价值观在这一时期开始形成。初中阶段的学生该树立怎样的人生理想？该如何面对新的同学？《希望与你同行》这首歌曲给了最好的回答。所以，我设计了这样的教学过程：导入部分，老师演奏钢琴曲《童年的回忆》片段，作为第一次的见面礼送给同学们，同时让他们说出曲名，这样既可以试探一下他们的音乐素养，又可以顺理成章地导入要教的歌曲。我在教案中这样写道："童年是人的一生中美好的时光，它天真烂漫，它无忧无虑，它生龙活虎，它充满遐想，然而再美好的时光总有流逝的时候。我们升入初中一年级，童年的脚步已渐渐远去，青春的时光正向我们招手，青春是梦想的年龄，更是充满希望的年龄，今天让我们在歌曲《希望与你同行》中，感受友谊，憧憬美好的人生。"

在教学过程中，为了避免单独讲解乐理知识而显得枯燥乏味，我把它们融入歌曲教学中。例如，老师哼唱第一二句的歌谱，让学生找出异同点，我介绍了八度音与音乐创作中句子的重复与变化的手法；又如，比较第一二行的异同点，我介绍了波音记号的种类和唱法；再如，将一二与三四两大段进行比较，我介绍了主歌与副歌的关系……

在学唱歌曲这一版块，我觉得这首歌曲比较简单，可在副歌部分加一个二声部。真是书到用时方恨少，大学里学到的一些作曲知识早已丢得差不多了，好在从2014年开始我一直待在"金沙风"合唱团，参加活动未曾间断过，一切凭感觉吧！就这样，我凭着感觉写下了一段简单的二声部，制谱完毕发给南通大学詹皖教授请他点拨一下，他委婉地提出可写一段抒情的副旋律试试。建议是好的，只可惜这次是来不及了，以后有空时还得多买几本作曲的书恶补一下。

最后课堂小结时，我这样写道："关于友谊，古往今来有很多文人墨客歌颂过它，如唐代诗人王勃的"海内存知己，天涯若比邻"，王维的"劝君更尽一杯酒，西出阳关无故人"等等。也有过很多感人的故事，如俞伯牙与钟子期高山流水觅知音，马克思与恩格斯伟大的革命友谊……其实，我们普通人之间的友谊同样也是弥足珍贵的，同学之间的情谊更是至纯至真，它是我们生命中最宝贵的精神财富，希望同学们学完这首歌曲后，在今后的学习生活中，多一些宽容，少一些计较；多一些关爱，少一些冷漠；多一些理解，少一些对抗，风雨同舟，携手并进。"

忙了整整一个下午，晚饭前整个教学流程基本上有了雏形，接下来的任务就是把钢琴曲《童年的回忆》复习一下，顺便把歌曲的伴奏在钢琴上熟悉一下，弄完这些已经是晚上9点多了，我忽然想起：明天到了骑岸初中，如果没有音响怎么办？于是，我赶忙把我的那只心爱的小音箱充满电，然后打印好教案与歌谱，再联系好曹老师一起拼车。一切准备就绪，期待着美好明天的到来。

走进骑岸初中

早晨的天气格外晴朗，当汽车驶出城区时，放眼望去，广袤的大地，金色的田野，沉甸甸的稻穗，郁郁葱葱的树木，朝阳下的村落，一切都是那么美好与生机勃勃，经历短短20分钟的车程，很快就到目的地了，车停在马路边时，"骑岸初级中学"几个大字映入我们的眼帘。

跨进校园，我的第一感觉就是学校小却干净。今天郝校长有事外出，由张主任热情地接待了我们，寒暄了几句后，我要求到音乐教室看一看。说是音乐教室，其实就是一间闲置的教室里放着一架钢琴，原来"心理健康活动室"的牌子还高高地挂着，墙壁上贴着些过时的宣传资料，一架钢琴上布满了灰尘，上面有一行烫金的大字：农村中小学合格学校省帮扶建设项目。张主任告诉我，这所学校原来是小学，因为办学规模的原因，骑岸初级中学与原来的小学互换了地方，骑岸初级中学搬过来后，这架钢琴就没有用过。我提出要块抹布把钢琴擦擦，张主任迅速找了块湿布，不等我动手就麻利地把钢琴和凳子擦得干干净净。当我打开笔记本电脑要找电源插头时犯难了，这间教室里根本就没有插座，好在总务处的人很热情地给予帮助，马上找了两个拖线板从隔壁图书室里拉了根临时电源线来，长度勉强够得着，电的问题总算解决了，可惜电线太短，小音箱只能将就着放在黑板下面。

不一会儿，学生开始进教室了，但都没带课本。因为骑岸初中的学生从来没有上过音乐课，所以自然也就没有带音乐书的概念。我庆幸自己备课时制作了一份乐谱，让张主任去印了几十份，几分钟后乐谱全部印好分发下去。令我始料不及的还在后面，本来以为我来这儿不过是上一节普通的音乐课，哪知道教室后面坐了好几排其他学科的老师，跟学生一起来听音乐课。上课铃已经敲响了，管不了那么多了，做最好的自己吧。

由于没有很好地了解好学情，课堂一开始，我就被弄得哭笑不得。当时的情景是这样的：我导入课堂弹完钢琴曲《童年的回忆》后，问学生这是什么曲名时，全班同学异口同声地回答："希望与你同行"。这一回答完全出乎我的意料。是呀，再完美的预设都会在实际教学中出现偏差，我必须马上想出应对的办法。"同学们注意我的提问，我问的是这是哪一首著名的钢琴曲而不是歌曲。"我听到一个女学生用微弱的声音回答："献给爱丽丝。"此时，我见机会来了，没有急着否定她，而是在钢琴上弹了《献给爱丽丝》的开头部分，同时我还鼓励她："这位同学能知道《献给爱丽丝》这样一首钢琴曲已经很了不起了，希望在今后的日子里大家能多了解世界经典音乐。其实，最初我演奏的钢琴曲名字叫作《爱的克里斯汀》，它还有一个通俗的中国名字叫作《童年的回忆》……"著名教育家叶澜女士曾经说过："教育的过程如同向未知方向挺进的旅程，随时都有可能发现意外的通道和美丽的图景，而不是一切都必须遵循固定路线而没有激情的行程。"课堂上的一个小小的插曲让我再次领悟到教学不仅是一种技术，更是一种艺术，一种处变不惊、随机应变的艺术，同时也告诉我接下来"中外经典音乐作品欣赏"的任务任重而道远……

两节课结束后，已经是中午 11 点半了，张主任热情地邀请我们到食堂吃工作餐，他亲自给我们打饭菜，一只不锈钢快餐盘上盛得满满的，我连喊"吃不了"，而张主任一直劝说："多吃点，上课上得太累了。"淳朴的情感让我不由得想起我贫穷的童年时代，那时候但凡家里来亲戚或者请人帮忙干活，母亲总是要把客人的饭盛得满满的，在客人连呼"多了多了"的情况下，母亲还要给他加上一饭勺，即使在粮食紧张的时期也是如此。这是我的家乡人对待客人最淳朴也是最热情的表达方式。

晚上 10 点多，忙完了一天工作的郝校长在微信里发来了这样一段文字："温老师，谢谢您的教育情怀，孩子们学得津津有味，老师们听得意犹未尽，校园里十年多没有听到悠扬的钢琴声，今天唱唱画画，是孩子们最幸福的一天！替孩子们谢谢您。"

与骑岸初中部分领导合影

去忠义，尽一名忠诚于音乐教育的老师的责任

我把骑岸初中之行的故事写了下来，发到郭声健教授的邮箱，郭教授看到后非常高兴，连夜在"音为有爱"公众号推送了我的文章——《做一名音乐教育的背包客》。不少朋友纷纷在链接下面点赞留言，多数为溢美之词，其中一条留言引起了我的注意，那就是好友季晓松校长的留言："温老师，什么时候到我们忠义初中来支教呀？"原来我区还有一所初中学校没有专业音乐老师。我和季校长认识于某天晚上在通州高中接孩子放学时，他们家孩子上高二，我们家孩子上高一，晚上到通州高中接孩子放学的很多家长时常聚在一起聊天，因为谈得来，我们这一聊就聊了两年。我从电话中得知，他不仅是东社学校的校长，还托管着一所农村学校——忠义初中。忠义初中和骑岸初中规模一样，都是三个年级三个班，长期没有音乐老师，于公于私我都应该去忠义初中开展公益音乐教学。

第二周，到了约好的日子，我在早晨 8 点半就驱车出发。离开了城区主干道后，路面开始变得狭窄，其宽度只允许一辆汽车行驶，我的车跟在一辆农用车后面，平均速度只能在 30 迈以下，路边还不时有行人和电动车横穿马路，我自然无暇欣赏沿途的风景，双手握紧方向盘，眼睛盯紧了路面，小心谨慎

地向前行驶，二十几公里的路开了一个多小时。终于看到河对面的学校了，但是眼前的桥太窄汽车根本无法通行。无奈之下，我只好把汽车停在路边，背着音箱和笔记本电脑徒步过桥，走进了忠义初中的校园。

由于季校长临时有事外出，负责接待我的是他们学校的陈煜军主任。我到的时间已经是学校大课间锻炼时段，一阵儿《运动员进行曲》乐声响过后，只见操场上站着三个班级的学生，稀稀拉拉的，与这片宽阔的水泥地操场极不般配。而与中学仅仅一路之隔的忠义小学却熙熙攘攘，操场上一群群孩子生龙活虎，热闹得很。据陈主任介绍，忠义小学的生源还是充足的，一个年级有两到三个班，但是这里的小学生毕业后只要家里稍微有点办法的，都到县城或者东社镇去上初中了，留在忠义初中读书的寥寥无几。

陈主任带着我来到了音乐教室，这里条件比起骑岸初中来要好很多，教室里面有多媒体教学设备。陈主任告诉我，前些年东社初中的杨林建老师来支教过，当时学校配置了这些设备，讲台前是一个用木工板做成的约两米见方的袖珍小舞台，舞台上还有一块红色的地毯，舞台边上安放着一架披着墨绿色琴衣的钢琴，只是年久失修，琴音已经跑得很厉害了。四周的墙上还挂着不少音乐家的名言和乐器挂图，令人惊叹的是，这些挂图都是经过精心选择和构思的。在与陈主任交谈后，基本解开了这个谜，原来陈主任是美术专业毕业的，目前学校的音乐美术课都是他一人教的，这些富有创意的布置均出自他之手。陈主任作为兼职的音乐老师，也在我们通州音乐教师这个微信群，学校里的音乐课平时他也是正常上的，只是上课时只能让学生跟着音乐唱唱歌，对于乐理知识和识谱技能以及钢琴伴奏，他就无能为力了。在信息化时代，微信的作用就是让微不足道的事情也能以飞一般的速度传播，陈主任说，他在微信朋友圈里看到了我到骑岸初中支教的故事，他也盼望着我能到他们学校来支教，也想学点音乐课的教学本事。我理解他的苦衷，也为在这样一所农村学校有这样一位美育守望者而感动。

由于学情有变，原来的教学计划必须适时地做一些修改。在初一的音乐教学中，我在原来备课的基础上，减少了学生唱歌的时间，补充了切分节奏、后十六分节奏和音符时值等乐理知识以及识谱技能的训练。在初二的音乐教学中，我把他们原来跟着录音学会的歌曲找出来复习，查漏补缺，对歌唱中存在问题的歌曲，找出错误的原因所在，通过理论结合识谱教学加以纠正，同时教给他们正确的发声方法。美国教育心理学家奥苏贝尔说过："如果我不得不把教育心理学还原为一条原理的话，我将会说，影响学习的最重要的原因是学生已经知道了什么，我们应当根据学生原有的知识状况去进行教学。"

忠义初中不同于骑岸初中，对于十几年没有歌声的骑岸初中，我们先"送些鱼"以解一时之急，而对于忠义初中，我们应该授之以渔以解"一世之忧"。午饭时，我跟陈主任谈了我的想法，答应以后定期给他传些优秀教案和一些课本上的音乐理论知识的讲稿，有时间还可以教他一些简单的识谱技巧。他表示出了极大的热情。下午，我参加合唱团的排练，脑子里一直盘算着以后怎么带陈主任识谱这件事。分声部学唱时，我看到几位合唱团男低声部的老师能娴熟地唱谱，这让我忽然眼前一亮，"金沙风"合唱团里男生声部中有很多都是非专业音乐老师，经过了几年的磨炼，现在是个个唱简谱唱得得心应手，甚至有些转调带升降记号的音也准得让我佩服不已，何不让陈主任也到这个大熔炉中来锻炼锻炼？晚饭后，我联系了他，介绍了我们合唱团的概况，表达了我的想法。他先有些不自信和担忧，我承诺平时排练他可以坐在我旁边，有困难我会及时帮助，在我的再三鼓励下，他决定加入我们这个合唱团。我立马向钱团长汇报此事并获批准，真心期待一位能画会唱的艺术全才在"金沙风"合唱团里迅速成长。

忠义初级中学

从一个人到一群人

几天后区教体局基教科陈副科长给我微信留言:"温老师好,看了你的支教故事很感动,我区还有很多乡村小学缺少专业音乐老师,一个人的力量是有限的,能否组建一支支教团队?如果可以,我第一个报名。"一个人可以走得很快,一群人才能走得更远。我觉得这是一个很有远见的建议,于是我很快拨通了"金沙风"艺术团其他几位团长的电话,表达了我的想法后,合唱团团长——平潮高级中学的钱怡老师、合唱团钢琴伴奏兼艺术指导——金沙中学陈小燕老师、舞蹈团团长——金沙中学黄艳老师,都很爽快地答应了,就这样我们5个人成了"金沙风"公益支教团队的第一批成员。我们把每周周四上午规定为公益支教的时间。这一天,两所乡村初中的校园里琴声悠扬、歌声嘹亮,孩子们徜徉在快乐的音乐课堂中。

我们的支教故事在音乐教师群里传播开来,很多老师积极响应,纷纷打电话询问参加公益支教的事情。通州小学的陈鑫莹老师,平潮高级中学的钱晓慧老师、尹林飞老师等纷纷加入进来。这让我想起了两千多年前孔子提出的"见贤思齐"一词,其实很多有益的事情,你带头去做了,就会感染很多的人,然后他们也会跟着你去做。这么多人的加入,让我顿时有了"众星拱月"之感,这是信任,更是责任,我一定要带领好这支团队,虽然这是一件很小的事情,但坚持下去就会有意义。

团队好建,但要带领好则很难。这是因为,第一,没有政策上的照顾。第二,没有经济上的补助。就如当年红军干革命一样,一不能升官,二不能发财,靠着什么支撑起这支队伍?靠的就是官兵一致,同甘共苦的作风!靠的就是解放普天下劳苦大众的信念。要做一件贴油费还要贴时间贴精力的事情必须要有一个精神的引领。这让我不由得想起一个历史故事。1940年爱国华侨陈嘉庚回国对重庆和延安进行访问,蒋介石集团为了拉拢他,一次豪华的接待花费了800银圆,这个费用当时可以在重庆买一幢别墅。而陈嘉庚到了延安,毛主席和朱总司令请他吃了一顿两毛钱的午餐,陈嘉庚惊奇地发现自己的伙食和毛主席、朱总司令以及普通官兵、百姓的标准一样。结束访问后,他向全世界的华侨表示,中国的希望不在重庆而在延安。虽事有大小,但道理一样。带领团队时若能做到同甘共苦,即使再苦追随者也不会言苦,我不仅要和团队成员同甘共苦,而且我要比他们更能吃苦,哪里条件差、路途远、困难大我就去哪里。于是,排课时我就把自己每次安排到路途遥远的忠义初中,其他老师去骑岸初中;我每周都去,其他老师轮流去。我跑30公里不嫌苦,其他老师跑20公里的肯定不会嫌苦;我周周上课不嫌苦,其他老师隔周上课肯定不会嫌苦。一切如我所料,几个月下来,没有一位老师打退堂鼓,没有一位老师在我面前有过怨言。就这样,我们的支教活动一周不落地顺利开展着。

音乐教师群里转发的支教照片,引得不少同行羡慕,有不少老师开始关注我们的活动,有的主动要求加入我们的队伍,金郊初中的邢雪梅老师和西亭初中的罗娜老师就是其中的两位,几个月后队伍扩展到了10人,看来真是"大道不孤"啊!

守望者

加入的老师越来越多，新的问题也随之而来，支教学校只有两所，支教老师倒有10位，一人三四个星期才去上一次课，优质的教育资源没有很好地得到利用，我的目光开始转向寻找新的缺少专业音乐老师的乡村学校。

合唱团活动的间隙，是团队成员之间增进了解的最佳时机，来自不同学校的老师有着聊不完的话题。一日，坐在我旁边的亭西小学的黄建华主任半开玩笑地问我"金沙风"公益支教团队能不能到他们学校支教。亭西小学是全区唯一一个村小办学点，一个年级一个班，长期以来一直没有专业的音乐美术老师，黄主任所提议的事情正是我一直想要做的事情——下一步我们要实现从初中到小学的延伸。我很快和亭西小学的李丹校长对接好支教的事宜，这是我在教育生涯中第一次给小学生上课，心中充满了憧憬与期待。

乡村的5月，是那么独特，那么迷人，田间的油菜花烂漫盛开，金黄色染尽田野，大片大片的麦田经历了严冬的洗礼，经受住了严峻的考验，迎来了收获的时节，微风徐徐吹过，麦浪翻滚，泛着金灿灿的光芒，让人情不自禁想起音乐才子李健的歌词"远处蔚蓝天空下涌动着金色的麦浪……"

进入学校，首先映入眼帘的是学校校门上的七个鎏金大字"通州区亭西小学"。学校虽然小，但却非常干净整洁，功能区域也安排得井井有条。可不要小看这几个字，落款可是担任过我们省和国家领导人的顾秀莲女士，有这样重量级人物题字的学校在整个南通市也是不多见的。

还是先来了解一下这所学校的历史吧。在清朝乾隆年间，西亭的北部建有一座庙宇——北草庙。1912年，当地乡绅顾介人牵头在此开办学堂，拆庙建北草庙小学，1952年更名为"亭西小学"。担任过新中国第一位女省长、第十届全国人大常委会副委员长、全国妇联主席的顾秀莲女士就是从这所小学里走出来的。

李丹校长和黄建华主任接待了我，黄主任工作非常认真细致，前一天晚上还特别给我发了学校的定位，主动询问我有哪些要求。李丹校长为人谦虚、热情，我料想她一定是位干练的好校长。

小学生不像高中生那样腼腆害羞，他们课堂表现十分积极，很多同学争先恐后举手回答问题，特别到了"打锣鼓"活动环节时，很多孩子都站起来举手，可惜40分钟的时间太短，没有能够一一满足他们的愿望。"稚子就花拈蛱蝶，人家依树系秋千"，与这些天真淳朴的孩子在一起，我仿佛穿越了时光的隧道遇见了这个年龄段的自己。

用完工作餐，李校长送我离开学校，她告诉我，现在学校没有专业的艺术教师，希望我们的支教活动能够长久地坚持下去，同时也希望能够引荐专业美术老师过来支教。我忽然想起以前读过的《麦田里的守望者》里面的一段话："主人公霍尔顿希望在一片金灿灿一望无际的麦田里，那里有成千上万的孩子在奔跑，而麦田的另一头是悬崖，孩子不停地奔跑，随时都有可能发生危险，于是主人公想当麦田里的守望者，这样就可以在孩子们遇到危险时及时守住孩子，把他们带到安全的地方。"其实，我们大家都在守望，李校长、黄主任等乡村老师凭着对乡村教育执着的信念，守望着这所麦田间的学校和学校的孩子们，我们支教团队也在守望，守望乡村学校的音乐教育能够跟上时代的步伐。

外面飘起了零星小雨，丝丝纤纤的雨融进龟裂的土地，真希望这场雨来得更猛些！

亭西小学

守护乡音

乡音是养育一方人的精神乳汁，也是一个地域的文化的基因密码。古往今来多少仁人志士对乡音有着浓浓的情结，"少小离家老大回，乡音无改鬓毛衰"，你看那个唐代诗人贺知章在暮年归乡时认为自己一生最为自豪的不是做了多大的官，建过多大的业，而是离家五十多年一口吴侬软语没有改变。

去年，我执教一节区评优课《如水情深——洪湖水，浪打浪》，因为歌曲《洪湖水，浪打浪》的原唱中有很多歌词是用湖北方言演唱的，为了更深刻地体验歌曲的语言美，我试着让一个同学用南通方言或启海方言来唱主旋律。没有想到的是，全班五十几人没有一人会讲家乡的方言，无奈之下我只好放弃了这个设计，本以为是亮点的设计却以失败而告终。这节课后，我一直迷惑不解，难道这些传承了千百年的乡音将要在几十年后消失吗？一段时间以来，这一困惑一直萦绕在我的心头。

这几天我去骑岸初中支教，正好有机会了解一下农村学校学生对方言的掌握情况如何。于是，在设计《欢乐的啦啦歌》这一课教学时，为了让学生加深对"鱼咬尾"作曲技法的理解，我找了一段南通的童谣："萤火虫，夜夜飞，下来吃乌龟，乌龟不长毛，下来吃葡萄，葡萄不开花，下来吃黄瓜，黄瓜不结籽，下来吃果子，果子不甜，归家种田。"看看有多少学生能用南通话念出来，结果全班三十几个学生只有七八个会说。我鼓励其中一个女生站起来，在我的提示之下，她勉强地读了一遍，我总算找到一丝安慰。

两次的课堂经历让我不禁回忆起二十多年前我工作的第一所学校——通海中学，那里的学生和同事平时在学校都讲方言，很少讲普通话，有时候弄得我这个外乡人很尴尬，甚至还会闹出些笑话来。比如，他们把"鱼"读成"牛"的读音，第一次到同事家吃饭，同事让家属把一条鱼抬（端）上来，我觉得纳闷儿：怎么这么好客，要用一头牛来招待客人呀？后来为了避免麻烦，我每次与学生谈话都要先提醒他讲普通话。说心里话，当时对他们这个固执的语言习惯也曾颇有匪夷所思之感。人可能就是这样，在快要失去的时候才知道事物的珍贵。面对县城学生对方言的集体失语，乡村学校会方言的学生寥若晨星，我心潮起伏，感慨万千。离开通海已经十几年了，最早一批学生的下一代有的都快要上初中了，真心希望他们在能讲好一口普通话的同时仍然保留那特有的吴侬软语。

毋庸置疑，普通话的推广给我们的交流带来了极大的便利，但是我们不能因为普通话而完全抛弃了家乡的方言。普通话与乡音不是水火不容的，而是可以并存甚至是可以互相补充的。大家可能有这样的体会，在他乡异地，我们向陌生人问路首先想到的是普通话，如果对方的回答带有家乡的口音时，那种他乡遇故知的兴奋是难以用语言形容的，此时一句亲切乡音的应答会立刻拉近彼此的距离。哲学家告诉我们，共性与个性是事物的固有本性，语言也不例外，普通话让我们的交流没有了障碍，而乡音让彼此之间的交流更充满了温度。

忽然想起早年南通电视台二套有一个方言节目《总而言

之》，主持人二候用方言给观众介绍国家大事、社会新闻，深受中老年朋友的喜爱。我在网上一查，非常庆幸这个节目还在播出，从这个节目这么多年一直保留着也可以看出，政府方面已经意识到了讲方言的人越来越少这个问题，希望通过文化传播的力量来唤起人们的重视。作为一名音乐老师，我们还有机会影响孩子，我可以用带有方言的音乐去影响他们，试想那沪剧、越剧、黄梅戏、昆剧、河北梆子……那些给人们留下深刻印象的地方剧种哪一个不是淳厚地道的方言唱腔？都知道"因为一个人而爱上一座城"，为什么不能因为一个剧种而爱上一种方言呢？毕竟那是祖祖辈辈的声音。

　　乡音是什么？它是母亲在摇篮边的呢喃，它是谷堆边伙伴追逐时的欢笑，它是离家前祖辈的叮咛，它是归来时父亲的唠叨……守护乡音吧，守护它就是守护我们精神的家园；记住乡音吧，记住它就是记住我们来时的路！

创作《支教者之歌》

有人这样说："你是谁不重要，重要的是你和谁在一起。"这句话强调了环境对人的影响。很庆幸赶上了互联网时代，我有一个正能量满满的微信群，那就是郭声健教授创建的"音为有爱"。每天我都能在这里看到一些先进的音乐教育理念，接触到一大批努力进取的人，群里的吴洪彬老师就是其中的一位。吴老师现任教于南京外国语小学，平时有两个爱好，一是写作，一是作曲，吴老师已经在《中国音乐教育》上发表数十篇文章，他也是《音乐周报》的编外通讯员，不出意外，《音乐周报》每两周就会刊发吴老师的一篇大作，《音乐周报》的广告号称"有音乐的地方就有《音乐周报》"。虽然有些夸张，不过它的发行量和影响力确实很大，全国总的订阅量有好几万，这可能与《音乐周报》喜欢刊发有争鸣性的文章有关，这正与吴老师的文风一致。吴老师的文章多数为抨击音乐圈的时弊而写，立场坚定，语言犀利，属于那种铁骨铮铮的文化人。难能可贵的是，常常有新作品出来就发到群里共享。真正影响我的，是他为这个群写了一首群歌，后来请业内人士帮忙做了伴奏，由群里我的老本家，四川省特级教师温小鹿友情演唱。人是最容易把身边的人当作榜样的。我当时就在想，他能为群创作群歌，我能不能为我们支教团队创作一首队歌呢？就这样，一颗创作团队歌曲的种子埋在了我的心里。

音乐创作需要灵感。很多曲作家就是触景生情，创作的灵感会在瞬间迸发出来。据说歌曲《我像雪花天上来》就是徐沛东在意大利开会，半个多月每天看到异国他乡的美丽景色，常常会感慨万分。有一天，汽车行驶在高速公路上，徐沛东嘴里老哼哼这首歌开头的两句旋律，同行的陈晓光觉得旋律非常好听，迅速填词而成。有时美妙的旋律只有在那个特定的氛围、特定的场景下才能写出来，如大家熟悉的歌曲《我和我的祖国》也是依曲填词的代表作。作曲家秦咏诚将旋律交给词作家张藜，张藜将其揣在怀里，走到哪里都琢磨这个曲调，从鼓浪屿转到张家界，憋了大半年，一直没有写出满意的歌词，一直到1984年秋天的某个早晨，当他推开天子山招待所的窗户时，奇峰俊秀，直插云霄，张老眼前一亮，20分钟便写成了《我和我的祖国》。什么时候我也能够灵光一现，写出我的支教歌曲呢？

不知不觉中，已经进入初冬的季节，又是一个去忠义初中支教的日子。车从余北镇一路向北，两旁的村落蒙上了一层浓浓的烟雾，太阳出来了，地面冻结的薄冰开始融化了，田边的秸秆堆上热气缓缓升腾着，大地一片阳光。我想着马上就可以见到那些天真无邪的学生，一段旋律由心而生，这或许就是灵感吧，我怕它丢失，想起了约翰·施特劳斯在脑子里有了《蓝色多瑙河》的旋律时，迫不及待地写在自己衬衫上的故事，还好现在有了智能手机代替笔墨，随时随地可以记录。我迅速把车靠边停下，按下了手机的录音功能键哼唱了起来。中午回到家中，我迫不及待地打开电脑里的简谱制作软件，将那来自心灵深处的旋律一个音符一个音符地输入电脑里。几日后，我将这段旋律发给了基教科陈副科长，邀请她为歌曲填词，陈副科长不仅工作能力强，还有着深厚的文学功底，每次转发一条朋友圈推文都能写上一段唯美的诗一般的句子，读着就是一种享受。很快歌词初稿写成，几经讨论，再三推敲，一首两段体的歌曲诞生了。

几天后，翻看微信朋友圈的时候，无意中发现吴洪彬老师转发的一条关于"2020年感动中国原创词曲作品新年音乐会"的推文，要是能把这首歌曲借助这个平台推广出去该有多好啊！于是，我立刻按照组委会提供的邮箱把电子稿件发了过去。几天后，电子邮箱里跳出一封邮件，告知我歌曲可以参加新年音乐会，这个消息着实令我兴奋不已。再往下看费用，制作加录音加现场邀请嘉宾演唱和会务费共计将近一万元，看到这些我再也激动兴奋不起来了。我清醒地知道对于我们工薪阶层来说，拿这么多钱去包装一首歌曲是不现实的，这件事情就这样耽搁了下来。可是，过后想想，又不甘心，费这么大的劲、花了这么大的心血写出来的作品，难道就这样躺在电脑文件夹里？抱着试试看的心理，我走进了校长室，拿出用稿通知和邀请函，李达校长看了又看，说道："这个虽然不是教育部门官方的文件，但是你有作品，学校难得有老师能带着作品去趟央视，这是很不容易的，那就去吧，有可能就抓住机会宣传一下学校。"李达校长短短片言，让我感动不已，真正感受到单位才是员工的靠山。

当我把回执发过去的时候，因为中途耽搁的时间太长，作品已错过了报名现场演唱的机会，不管它，能去就谢天谢地啦！

到了那里才发现，央视活动的地点远没有想象中那么神秘，说白了就是央视各类节目先期拍摄和制作的加工厂。一个节目组有一个类似办公楼的场所——一座超级大的钢结构大厦，什么"星光大道""非常六加一""天天把歌唱"……每个节目都有自己的场地、设备和工作人员。我们的活动地点被安排在了《天天把歌唱》录制现场。上午9点左右，展演活动开始，演播厅内灯光闪烁，不少歌唱家演唱了一些原创词曲作品。我个人认为节目最有创意的地方就是增添了词曲作者对话演唱者的环节，从词曲作者的角度来评价歌唱家对作品演绎得如何。这儿到底是北京，是国家政治经济文化中心，央视更是代表着国家媒体的最高水准，无论是音乐的制作还是舞台的场景布置，都是一般地方艺术团体无法比拟的。我真有些后悔因为犹豫而错过了让歌唱家现场演唱的机会。

下午的活动是由30首原创作品的词曲作者分享创作经历，由火箭军文工团军旅歌唱家乔军主持。从他的介绍中得知，他原先的身份和我一样，是一个普通的中学音乐老师，他经常参加各种比赛并不断地学习进修，在李双江老师的鼓励下来北京发展，后来师从解放军艺术学院马秋华教授，几年后凭借自己的实力考取了火箭军文工团，成长为活跃在荧屏和舞台上的军旅歌唱家。

这些词曲作家一个个能说会道的，因为担心时间不够用，乔老师不得不打断叫停了好几次。我是倒数第三个发言，利用他们讲话的功夫草草地写了一段发言稿，全文如下：

尊敬的乔军老师，张建老师：你们好，首先自我介绍一下，我跟乔军老师是老乡，和刚刚有事离开的温震老师是本家，我是来自江苏省南通市通州区金沙中学的一名音乐老师。乔老师，刚刚听完了你的故事，我知道我们曾有过相同的生活体验——在中学教过音乐。很惭愧没有达到你这样的人生高

度，不过不要紧，我想平凡不代表平庸，平凡的人也有自己的追求与理想情怀。我的作品就是后台正在投票的第十八号《支教者之歌》，我为什么带着这样一首歌曲来到北京？这里有我和我的支教团队的故事。

出于一个偶然的机会，我结识了一位农村中学校长，他问我愿不愿意到他们学校去上几节音乐课。我爽快地答应了，这个学校共三个班级，不足100人。据了解，这所学校已经有多年没有上音乐课。我到这所学校支教的第一次课反响很好，我回家后写了一篇感想《做一名音乐教育的背包客》，这篇文章在"音为有爱"这个音乐教师的微信公众号平台上推送了。顺便说一下，我和身边这位刚刚发言、平均两周就在《音乐周报》上发表一篇文章的吴洪彬老师就是在这个平台上认识的。文章推送后，我们教体局的陈梅副科长看到了，打电话给我，告诉我一个人的力量是有限的，让我组建一个支教团队。组建支教团队这事很快就得到"金沙风"合唱团不少老师的支持，就这样，我们的支教活动就风风火火地开展了起来。人手多了，我们主动把另一所偏远乡村学校纳入我们支教对象中来，每周四上午是我们支教团队成员快乐而充实的时光，开车行驶在通往乡村学校的路上，金黄的稻田、苍劲的梧桐、明媚的阳光，再想想期待我们上课的学生，美妙的旋律涌上了心头，我意识到要把这美妙的旋律写下来……这次因为种种原因没能赶上现场的嘉宾演唱，我就把主旋律给大家哼一下："啊……"回家后，我马上把它进行整理，然后由一直关心我们支教团队工作的基教科陈梅副科长填写了歌词。其实，我心里非常清楚，对于作曲写歌，在今天各位专家面前，我只能算一个小学生。我这次来北京的目的就是要让更多的人了解我们的事业，让更多的人加入我们这个公益活动中来。气象学中有一个名词叫作"蝴蝶效应"，说南美洲的一只蝴蝶扇动一下翅膀，就可能引起美国得克萨斯的一场龙卷风。有人说比切·斯特夫人的《汤姆叔叔的小屋》引发了一场美国解放奴隶的战争。我希望这首《支教者之歌》能像那南美洲的蝴蝶、比切·斯特夫人笔下的文字，影响越来越多的人来做这样一件意义深远的事情，为实现教育脱贫做出贡献。谢谢大家！

（2019 年 12 月 31 日写于《天天把歌唱》录播厅）

在中央电视台录播厅发言

支教者之歌

陈 梅 词
温锦新 曲

1=D 6/8
♩=76

(1· 7 2 7· 6 5 | 6· 6· | 7 6 7 6· 5 3 |

5· 5· | 1 7 2 7 6 5 | 6 5 3· |

2 3 5 5 6 | 1· 1·) 5 5 6 5 3 2 |
从 城 市 走 进
从 春 夏 走 到

1· 2 3 1 5· | 6 7 1 4· 6 5 | 3· 2 1 2· |
乡 村，我 们 是 忙 碌 的 支 教 人，
秋 冬，我 们 是 执 着 的 支 教 人，

5 5 6 5 3 2 | 1· 2 3 1 6· | 5 6 1 4 6 |
为 了 那 渴 望 的 眼 神，我 们 一
为 了 那 童 心 的 纯 真，我 们 甘

5· 3· 1 2 | 1· 1· | 1· 7 2 |
路 风 雨 兼 程。 啊！
愿 默 默 无 闻。 啊！

```
7  5  6· | 7·  6  7 | 6  3  5· |

1  1  2  1 | 7· 6 5  6· | 5  3  7  6 |
道 路 上 的   串 串 足 迹，  就 是 我 们
光 阴 里 的   篇 篇 故 事，  点 缀 我 们

6· 5 3  5· | 1  1  2  1 | 7· 6 5  6· |
爱  的 见 证！ 道 路 上 的   串 串 足 迹
多  彩 人 生！ 光 阴 里 的   篇 篇 故 事
```

1.
```
3  5  6  7  1 | 2·    2· | 7· 6 5 6  1· |
就 是 我 们        爱 的 见 证！
```

2.
```
1·  1  0  0 :‖ 3  5  6  1  2 | 3·    3 |
                     点 缀 我 们
```

```
2· 5  2 1 | 1·   1· | 1·   1· |
多 彩 人 生！
```

新年贺词

新年将至,各种新年贺词让人目不暇接,我一时兴起学写了一篇。

时光飞逝,转眼间我们"金沙风公益支教团队"已经走过了半年的历程,在追逐乡村教育梦想的道路上,我们有过付出的艰辛,也有过收获的喜悦。我想把半年工作中的感想总结成如下几点:

一、坚定的信念是立根之本。支教是一项公益事业,无名无利。若没有对职业价值的执着追求,没有对乡村教育的责任担当,没有对内心呼唤的笃定坚持,是很难维持下去的。所以,在一开始组建团队时,我就给它取名为"金沙风公益支教团队"。我们做公益支教就是为了让每一个孩子都能得到艺术的熏陶。在吸纳团队成员时,我们秉持的是自愿参与的原则,明确地告诉他们,加入这个团队要有甘愿吃苦奉献的精神,要做好没有物质回报的心理准备。因为经验告诉我们,做一件事情只要带着某种功利的目的而来,事情的结果往往就会大打折扣。因为目的一旦达不到,人们就会有怨言,就会懈怠。古人云:"志不同,不与谋。"只有志同才能道合,这个志就是根植于内心的对支教事业忠诚的信念,它是完成我们支教事业的根与魂。

二、科学的理念是长久之计。理念是指上升到理性高度的观念。所谓理性，就是要根据实际情况冷静地对待事物，看待问题。首先，我们对支教课的质量进行了理性的定位，要求每一位老师上常态下的优质课，不用像公开课那样花很长时间准备，但也不是随随便便、毫无准备地去上课。其次，我们对课程进行了合理的安排。第一次到支教学校，学校里的很多老师对我们不屑一顾，因为他们在此之前碰到过多次"旅游式的支教"，来了一次两次就结束了。有的与其说是来支教，不如说把这里的孩子作为他参加公开课、评优课的练手对象，上了一节所谓的优课就再也没有下文了。为了防止这一现象的发生，我们制定了一学期的课程安排表，课程内容、上课时间和人员都落实到位，如遇到特殊情况需要调动，按规定互相协调，杜绝了随意空堂的现象，确保一学期课务正常进行。持续的教学得到了师生的认可。学期结束时，他们发自内心地说："你们是真正在做支教。"立足实际，精心管理，团队才会有发展的后劲。

三、高远的瞻念是不竭的动力。瞻念的意思是展望并考虑。星星之火，可以燎原。短短半年时间，当初的一个支教背包客就发展到现在有十几人的支教团队，接受支教的学校从当初的一所发展到多所。我相信，我们的队伍还会壮大，受益的学校还会增多。那么，如何让这一事业不断地发展？这是我一直思考的问题。因为支教是公益活动，要扩大队伍还得从精神上进行引领。本着这一想法，我把每一次在支教活动中的体验写成了文字，借助"音为有爱"这一专门推送音乐教育文章的平台宣传，先后有《做一名音乐教育的背包客》《尽一名忠诚于音乐教育事业的老师应有之义》《守护乡音》等文章在平台上推送过。我还把这些文章转发到区音乐教师的群里。其实,现实生活中的我是一个很低调的人,最不愿意有点什么事就四处嘚瑟,特别是转发到熟人很多的微信群里,因为怕人背后议论。但为了影响更多的老师能自愿投入到这项事业中来,我也就顾不了这么多了,心想,别人在背后爱怎么说就怎么说吧,正所谓:"知我者谓我心忧,不知我者谓我何求。"。但我总觉得这样做影响力还不够,我就想起了音乐的号召力,于是想谱写一首表现支教人情怀的歌曲来扩大影响。到网上一查,专门表现支教的歌曲竟然是一个历史性的空白,这就更加坚定了我创作的决心。历经无数次的修改,《支教者之歌》的旋律终于诞生了。歌曲写出来,目的就是要让它传唱开来,为此我四处投稿,功夫不负有心人,非常幸运地,这首作品入围了"2020年感动中国原创词曲作品新年音乐会作品征选活动"。我带着这首歌曲走进了中央电视台《天天把歌唱》的录播厅,在与歌唱家面对面座谈时,我叙述了这首作品诞生的过程和我们来北京的目的,全场观众给了我热烈的掌声。宣传好自己的团队,不断壮大自己的团队,让团队的成员看到事业的前景,不断给团队树立新的目标,这才是一支优秀团队永远保持活力的不二法宝。

四、深情的怀念是幸福的源泉。如果说我开始做支教事业时带有一点点私心的话,那就是想要通过支教的生活留下美好的人生回忆。正像《支教者之歌》中唱的那样,"光阴里的篇篇故事点缀我们多彩的人生"。准确地说,我的支教情结受一本书的影响很大,那就是北京市海淀区实验小学张文峰老师的《留在瓦窑的歌》。张老师笔下有工作的美好,有人生的追求,又有生活中的柴米油盐酱醋茶,这些都融在了作者浓浓的"爱"中,家庭、事业、亲朋好友,尤其是对山村孩子的

"爱"，字里行间的浓浓爱意沁人心脾，让我心动。我原本想把我们的支教故事也汇编成一个册子，而且给它起了一个浪漫的名字叫《岸边的音符》，"岸"取我曾去支教的学校骑岸初中其中一字，同时又有田头岸边之意，后来由于有其他受助学校的加入，这个名字就不太适合了。我想，如果日后这本册子真能够汇编成功，无论起什么名字都不重要，重要的是里面的故事是否记载了我们生命中最美丽的瞬间。

2020年，愿我们"金沙风"支教团队的歌声回响在更多的田野乡村。

一次线上总结与推进会

腾讯创始人马化腾说过:"未来,如果一个企业不能通过'互联网'实现与个体用户的'细胞级连接',那就如同一个生命体的神经末端麻木,与肢体脱节,必将面临生存挑战。"企业如此,团队亦然。如果一个团队不能很好地运用互联网为自己服务,总有一天会被时代的列车甩下。支教工作开展半年多了,我也跟上时代的步伐,运用微信群开一个远程会议。会议摘要如下:

温锦新:尊敬的老师们,大家下午好!根据上一级的要求,我们支教团队要召开一个总结与推进会,本来想找个地点把大家召集起来,考虑到学期结束,大家手头上各种事情也比较多,就借助互联网的技术省去了大家的舟车劳顿。今天的天气并不是很好,这样我们可以在家中或者在办公室等不同的地点来参加这个别开生面的会议,来总结我们支教团队的工作。

首先,我们回顾一下 2019 年。我们这一年的工作应该是能够得到认可的,骑岸初中我们一共去了 10 次,忠义初中去了 6 次。大家都能积极热情地投入这一意义深远的工作中去,而且已经见到了一些成绩。比如,前几天郝校长告诉我,在这次全区经典音乐欣赏作文大赛上,全区共有 9 个参赛者获得一等奖,而他们学校就占有两个名额。两篇作文中就有一篇是写陈梅副科长执教的《茉莉花》听后感的。这就很好地说明我们带去的美育种子已经在孩子们的心田上生根发芽。另外，从期末的音乐素质测试中我们也可以看出，初二有不少同学能拿到八十几分，真的是很令人欣慰。音乐素质测试的这张试卷是我出的，已经分享在群里。这些都值得我们先为自己点个赞。

前几天，我已经把新的课程安排表放到了群里。在这里，我简单地解释一下，我们根据每个人不同的实际情况做出了这样的安排，考虑到陈副科长在局里的工作纷繁复杂，排课表前我打电话征求她的意见，她态度很明确，那就是一定要去，所以我就安排了两所学校各两次，时间集中在开学初。另外，钱怡、陈小燕、黄艳三位老师在艺术团都有繁忙的工作，我酌情少安排了一次。还有需要说明的是，对于钱怡老师、伊林飞老师和罗娜老师，我考虑路途的问题，没有安排他们去忠义初中。在忠义初中的支教上，我尽可能安排家住金沙的几位老师。课务安排已经放到群里好几天了，到目前为止没有人提出异议，这让我很欣慰。这一点足以说明我们是发自内心愿意做这项有意义的工作的。只要大家认可，我们来年就按照这个计划执行。

葛刚：骑岸初中非常感谢送教老师的辛勤付出，为骑中带来艺术的阳光！

温锦新：感谢葛主任。在具体执行的过程中，为了便于管理，我们按照原来的规定，如果学校方面因考试或者其他原因与音乐课有冲突，这节课就冲掉，不搞顺延。如果老师有私事，可以与别的老师互相调换上课的时间，上课内容不要换。这样大家就可以根据内容，有空就把课提前先备起来。需要说明的是，如果调课，一定要告诉我，这样我和两所学校的负责老师沟通起来也能做到心中有数。

另外，连贯教学也是今天会议重点讨论的问题。经过了一学期的实践，对于前面这些环节，我想在操作中应该不会有什么大问题。如果说2020年需要有一些改进的话，我认为就是要解决不同的老师去上课存在传授知识和技能连贯性的问题。例如，张三去上课，不知道李四前面讲到过哪些知识。客观条件决定了这是我们的短板，说得直白一点，就是说单兵作战我们是没有问题的，团队里的老师都是经验丰富的优秀老师，互相配合是我们的不足之处。这也是我们这一学期要思考解决的。请大家各抒己见。

陈煜军：（发来两张课间辅导的照片）很多孩子还是特别喜欢温老师的歌的，这是温老师在课后辅导孩子练声。

钱怡：尊敬的各位领导、各位老师，大家下午好，我就先谈一谈我的感想吧。刚才温老师说到了一个连贯性的问题，我觉得确实是这样。我有这样的提议：温老师，你能不能制定一条主线，以你为主线，把每节课孩子们需要掌握的知识点列出来？我们也可以围绕你制定的教学重点和难点来确定我们的重点和难点，后面你也可以根据这些来对学生进行考核。我们每个老师以你梳理的要点为依据来适当地补充和修改。

温锦新：感谢钱怡老师的中肯发言，这是没有问题的，我愿意来做这件事情。

陈小燕：我觉得钱老师讲得挺有道理，就辛苦温老师一下，我们按照你梳理的知识点备课上课。还有一个想法就是，学校能否在硬件设施上稍微有所提高，比如说上次我上的《说唱脸谱》，我讲到生旦净丑，孩子们只是在听，没有视觉上的感受，我觉得这样有些欠缺，最好可以让孩子视听结合，这样做效果会更好。

温锦新：刚才听了陈老师讲的，我补充一下，忠义初中是有多媒体设备的，今天郝校长要是有空了他会回放这个会议记录的，骑岸初中的葛主任也在会议现场，过几天我跟郝校长再商量一下，看看有无可能在音乐教室里安装多媒体。

下面由尹老师来讲，我介绍一下尹老师，她是我们这个团队中唯一的教育学硕士。

尹林飞：尊敬的各位领导、各位老师，大家下午好，我觉得钱老师、陈老师讲得挺有道理的，关于上课的硬件、知识的连贯性，本学期我课上得少，还没有多少发言权，等到开了学上多了，发现了问题，我再来讲。

温锦新：下面请罗老师来讲。插一个话题，今天黄艳老师带领舞蹈团去参加南通春晚的排练，她表示现在太忙，如果排练中有空，会关注我们的会议的。

罗娜：各位领导、老师、前辈，大家好，我是西亭初中的罗娜，我就梳理一下这学期后半段时间参与咱们这个"金沙风"公益支教团队的小感想，有不对之处希望大家批评指正。首先，我们这学期的支教虽然说是支教，但刚开始的时候，它对我而言更像是一种学习。当我到骑岸初中去上课时，我发现自己有很多能力上的不足，有一点点不习惯，还好能够及时调整和补救。慢慢地，我觉得这件事情做得顺手了，我到骑岸初中教的是初一初二的孩子，我所教的是我所熟悉的范畴。骑岸初中的学情和我们学校的学情是相似的，就是学校建制比较小，人数也比较少，都属于小班教学。骑岸初中离我们学校很近，开车只有十五分钟的路程，这是我觉得非常开心的一件事情，去支教又近又便捷。然后，郝校长人又好，给了我很多的指点与帮助，我觉得支教是一件开心的事情。关于课与课的配合问题，我觉得钱老师、陈老师、伊老师说的都很好。我在这个团队里感觉到最多的一点就是荣幸,能够向各位老师学习。同时,通过支教能够接触到不同学校的学生,上不同的课,去调整自己的状态,去提升自己。对于我这种年轻、没有经验的老师来说,这实在是一次机会。如果有哪位老师因为事情实在来不及上课,我也愿意替他去上。

温锦新:非常感谢罗老师,你讲得非常好。你最大的优势就是年轻,长江后浪推前浪,最终我们的事业还要靠你们带领后来的音乐老师来完成。这里插一下话,我们团队的邢雪梅老师正在去上海的路上,前天我打电话给她,她表示对我们的会议非常感兴趣,因为时间上的冲突,回家后会回听我们的会议。陈梅副科长我上午也联系过,她告诉我,今天下午参加区里的元宵节庆祝会议,两点钟以后就不能关注我们的会议了,也只能听会议的回放。

罗娜:谢谢温老师的称赞,我会尽力做好的。

温锦新:其实,我们仔细地研究教材就会发现,苏教版的这套教材强调创新,弱化了双基。比如,它很少有专门的识谱练习,在上课时如果把识谱的练习放到学习新歌中去,我们在教唱时就会发现什么都是新的知识,什么都要教。刚才钱老师讲到的正是我在思考的,就是我们自己寻找一些由易到难的、有梯度的视唱练习配套在每一节课的教学中,这样我们的学生一学期下来识谱能力会有一定的提高。

罗娜:这个简易的识谱练习有一个基础的音阶练习,还有一个二度三度四度的搭桥练习,是不是都可以让孩子唱一唱?但是从时间上来讲,有点不够。

温锦新:马上要讲到这件事情,我们觉得可以留个三到五分钟,这样如果学生稍微有点识谱了,对我们后续的教学是有很大帮助的。20世纪90年代末，我在通海教过初中，那时用的是老教材，记得每一节课有单独视唱练习乐理知识的安排，那时我刚刚毕业，工作热情很高，对这一块要求也很严格，每一节课都腾出一点时间进行这方面的训练。初二结束时，很多孩子能够拿到简单的简谱自己哼唱，我想留给他们的识谱本领是能让他们终身受益的，尽管多数人可能只是音乐爱好者。在这里我举个真实的例子，前一段时间我碰到我们学校的陈正浪老师，他是语文老师，是郝校长的江西老乡。他跟我聊起他初中时遇到一个老师，那个老师是一名知青，会吹竹笛，音乐课就带他们到操场上、田埂边，笛子就是他的伴奏乐器，教学生唱歌谱。陈老师说几十年过去了，他现在都能不假思索地哼出类似《十五的月亮》这样的歌曲简谱，说完就当着我的面把这段旋律的谱子哼出来了。我当时有很深的感触，心里也特别佩服这位知青老师。

罗娜：是的，对于小孩的识谱练习、双基练习确实要花一点心思。平时在我们学校上课时，我就对他们进行识谱练习，我对他们的要求就是，第一步要迅速反应，说出它的唱名，后面就是如何把音高唱好唱准。这个过程比较痛苦、比较复杂，很多孩子没有办法坚持，对他们来说七个数字可能在数学的海洋里比较自由，但到了音乐的世界里就没有办法去适应。

温锦新：罗老师你讲得非常好，刚才我讲的这个识谱的故事，其实在乐理的教学中也是一样的，虽然有时候乐理知识在某节课中用不到，但是一旦形成一个系统的理论体系后，就可以用这个理论来解释学到的知识，那就非常好了。刚才大家提议让我来做这件事情，我接下来就做这件事情。举一个例子，初一第一课《希望与你同行》，这一课我们就配一个C大调音阶的视唱，讲一条音符时值的乐理知识。到了第二课《欢乐的啦啦歌》，我们可以练习一个三度音程的视唱，再讲讲拍号的乐理知识……这样循序地向前推进，每上到一课时都补充一个配套的视唱乐理，这样一来整个技能技巧的教学就会有序可循了。

罗娜：课前五分钟的基础视唱可以和发声方法结合起来，注重科学的发声方法，音准也会有所提高，这是我的浅见，求指教。

温锦新：这是一个非常好的建议，值得我们学习。我想，如果我们真的做好了这一点，老师在教学时只要对照好技能的进度情况，在备课时也会心里有数，知道哪些是已经掌握的，哪些是需要讲解的。初中两年坚持下来，一定会有不少的收获。

罗娜：乐理知识可以以节奏型和谱面音乐术语记号这两块为主，每一节课讲一个新的节奏型或者一个音乐术语记号。

温锦新：罗老师，接下来做的时候我和你再单独交流，怎样把乐理以最短的时间嵌入到课堂当中去。

罗娜：好的，好的。

温锦新：下面一个关于教案的问题，我想不是什么问题。备课、写教案，是每一个老师的看家本领，无论面试还是比赛，只要是涉及教学的比拼都少不了这一环节。2015年我们学校初高中分离时，我就考过一次高中教师资格证书，到最后进入面试阶段，重要的一项就是在四十五分钟之内写完一篇教案，写完就说课。写教案是我们老师必备的基本素质，所以我认为对于老师来讲，写备课笔记和吃饭睡觉一样正常。另外，我们还是再次强调，不要像赛课那样千锤百炼，说句实话，这样做也不现实，就按照平时在任教的学校上课的要求，在任教的学校里怎么上课写教案，在支教学校的教案也怎么写，一学期下来挑一篇自己认为比较好的留作档案，这样团队要做材料时也方便。另外，我还是认为将教案上传到群里是一件很好的事情，这样做其他老师就可以知道你这节课讲了哪些知识点，如果你有失误，其他老师还可以提出来纠正。今年我上《龙的传人》时，由于备课没有注意，差一点就出现了知识性的错误，我把本来是小调的歌曲差一点说成是六声调式。就是因为上传了教案，被陈科发现，及时得到了修改。包括重点难点的把握，你写在教案中并上传了，大家会一起帮你看，有这么多人的眼睛把关，应该错不了。

最后一个问题是写反思。可能很多老师觉得很为难，有的甚至觉得这是近乎苛刻的要求，认为音乐老师的技术是动手弹琴、动嘴唱歌、动身体跳舞，和动笔应该沾不上什么边。其实，这些想法我都能理解，开始时确实很痛苦。但是，我们可以看看身边的同事，凡是在教学上有些成就的，都有一个共同的特点，那就是善于动笔。所以，我们千万不要把这看成苛刻无理的要求，而要看成是对我们成长的希望。我希望我们这支团队有更多的老师迅速成长起来。另外，很多教育大家都提出过关于写反思的忠告，如华东师范大学叶澜博士说过，一个老师写一辈子教案不一定成为名师，但是写三年的教学反思则可能成为名师。很多老师一定还记得美国学者波斯纳提出的关于教师成长公式：教师的成长＝经验＋反思。另外，写反思还有一个最大的好处，就是避免机械的劳动带来的身心疲惫。我们音乐老师多数有过这样的经历，就是把同一个内容在七八个班级重复地讲授。我的感受是这样的，第一次讲充满了期待，第二次在修改中追求完美，第三次就感觉有些重复，到第八次再讲同样的内容就恨不得要呕吐了。最痛苦时，我两周上十六个班讲一模一样的内容，怎么办？除了错开教学内容外，反思改进是最好的良药。这个班要和前面一个班讲得不一样，这学期要和上学期讲得不一样。

反思或随笔怎么写？有的老师有经验，有的老师不擅长，不擅长没有关系，我想我们的起点可以定的低一点。相信日记大家都会写，开始时不要写反思随笔，就写一篇支教日记，我手写我心，怎么想的就怎么写，正所谓万丈高楼平地起，良好的开始就是成功的一半，开始时不限字数，不提要求，写出来之后我们互相交流探讨，从无到有、从零到一就是进步，就是收获。这里有一个最简单的办法可供参考，就是读别人的反思，"熟读唐诗三百首，不会作诗也会吟"讲的就是这个道理。

最后，还要讲一讲平时照片的拍摄。烦劳两所支教的学校的负责同志——骑岸初中的葛主任和忠义初中的陈主任，平时要把拍摄的照片及时地传递到群里。这样做有两个目的，一是方便我及时了解接受支教学校的上课到位情况，二是留下资料以备日后宣传用。举一个很简单的例子，前天刚刚推送的这篇《念念不忘做支教，乡村绽放美育花》，在推送前我想把我们团队每一位老师的照片附上，在把资料交给郭声健教授时，我想来想去扣下了自己的照片没有交，为什么呢？因为根据经验，一篇推送也就用那么几张照片，陈小燕和黄艳老师的照片只有一张，我最担心的是黄艳老师那张，不是正面拍摄，脸不清晰，质量实在有些勉强。如果照片送多了郭声健教授就会挑选，万一黄艳老师这张照片没有被用上，我总感觉心里不是个滋味。我认为既然是团队，就应该有团队的精神，就像张艺谋的一部电影《一个都不能少》一样。所以我一人发了一张，一共六张，让他没有多少挑选的余地。第二天早上我打开链接的第一反应就是看看这六张照片有没有都上去,谢天谢地全都在,心中的大石总算落地了。如果每人都有几张高质量的照片的话,我就可以从中选择一张好点的,就没有那么被动。

另外,我有一个想法,就是明年我们争取申报一个课题,题目大概的意思就是"基于农村学校艺术教育公平的实验",如果申报成功了,我们每一个上课的老师都是课题组成员,到时就需要大量的佐证资料,像前面说的教案、随笔、照片,甚至还有论文,也包括我们这一次的会议记录,这些东西我们平时要注意收集。

大家如果还有其他想法,都可以提出来商讨。

黄艳:各位领导、各位老师,不好意思,刚看到群里有这么多信息,我下午排练结束后回家去补会议精神。

温锦新:最后,我们请德高望重的老前辈,音乐教育的常青树,教师发展中心的李老师给大家提提意见。

李平娟:各位领导、老师好!非常感谢大家在温老师的带领下不辞辛劳地去骑岸初中、忠义初中支教,使没有专业音乐老师的学校的孩子也能沐浴在艺术的阳光下。四年前,陈小燕老师一人风雨无阻、默默无闻地去唐洪小学支教了一年,这样的行动值得称颂。现在有了陈鑫莹和瞿晓玉以及你们大家的加入,能让更多喜爱艺术的孩子受到艺术熏陶,让艺术润泽他们的生命,为他们的诗意人生点亮火把!众人拾柴火焰高。愿新的一年万事如意,再次感谢大家!

温锦新:今天非常感谢大家在百忙之中抽出时间参加网络会议。我非常喜欢汪国真的一句诗歌:"既然选择了远方,我们便只顾风雨兼程。"支教团队里的伙伴们,新的一年,新的任务,新的目标,新的征程,让我们一起撸起袖子加油干!

创作骑岸初中校歌

校歌是校园文化的重要组成部分,常常是一个学校对内的号召和激励,对外的形象展示和宣言,它反映了办学者、教育者的理想、要求、愿望,也反映了受教育者的感受、追求和成长心声。它是学校精神风貌的重要标志,也是学校优良校风学风的高度概括。校歌在激励学生成长、凝聚学校精神、推动校园文化建设等方面发挥着重要作用,它犹如学校的精神图腾,与校徽、校训等相得益彰。一首好的校歌,一般都具有自己鲜明的特色,同时反映着时代精神和历史印记,一首好的校歌让人一生都铭记在心。

一天,我去骑岸初中支教,中午与郝校长一起在学校食堂用餐,闲聊中我不经意地谈起了创作《支教者之歌》的故事。郝校长是一位非常有思想的领导,他任职骑岸初中校长后提出"做有根的教育,育有魂的新人,办有气的学校"的理念,他一直不停地挖掘学校办学的文化根脉。在得知我带着作品去北京的故事后,他试探着问我能不能一起为骑岸初中创作一首校歌,由他来作词,我来谱曲。虽然我不是作曲专业出身,但是我觉得这个想法非常有意义,于是爽快地领下了这个光荣而艰巨的任务。我跟他大致讲述了歌词创作的篇幅、押韵等基本的要求。几天后一首《一路飞翔》歌词发了过来。第一段追溯历史,从范公堤写到文人的远大抱负,笔锋一转,联想到

"正己达人，崇文正德"的校风。第二段主歌由遥望港追溯历史名人文天祥，用"汗青丹心"对仗第一段的"先忧后乐"，再联想到学校办学特色"五色德育"。

原来，历史上骑岸不仅与范仲淹有着深厚的渊源，还有一位文人也在通州留下了深深的印记，我们一定熟悉这首千古名句"臣心一片磁针石，不指南方不肯休"，这是南宋末年民族英雄文天祥滞留通州时留下的诗句。公元1276年，元军包围了临安，文天祥以使臣的身份出使元营被扣押，后乘着看守松懈时逃脱，投奔扬州未果，经过几十天的流亡抵达通州。文天祥在通州知州杨师亮的帮助下，雇到船准备南渡，因为天气等原因，在通州有过短暂停留，也留下了不少诗篇。后人为了纪念这位民族英雄，在骑岸镇北修建了渡海亭，那条出海的水道后称为"遥望港"，港名提示后人文天祥曾在这里遥望南方，心怀故国。主歌部分的"范公堤畔，遥望港水"增添了歌曲的历史厚重感。

副歌部分第一段写奋斗的青春，第二段写报效祖国。两段歌词层次清晰，主题明确，韵脚统一。正所谓好马要配好鞍，接下来的任务就是给歌词配上合适的旋律。

歌词接地气，旋律同样也要接地气，我把目光瞄准了这片土地上曾流传的民间音乐。民歌是音乐的母亲，冼星海也说过："民歌是中国音乐的组成部分，要了解中国音乐，就必须研究民歌。"其实，很多优秀的音乐作品都是由民歌改编而来的。比如，《山不转来水来转》其中的音乐就是源自河北民歌《小白菜》；电视连续剧《水浒传》的主题歌《好汉歌》的音乐就源自河南民歌《王大娘钉缸》。

坐在办公室里拍脑袋肯定写不出有生命力的作品，于是，我决定出去走访民间艺人，寻找创作的契机。由于人生地不熟，怎么走访成了困扰我的难题。我把自己的想法和郝校长进行了沟通，他建议我去拜访一位名叫殷秀才的老人。据说这位老人年轻时在镇文化站工作过，吹拉弹唱样样都会。抱着试试看的心理，我决定去见一见这位民间艺人。

寒假的一天，我和葛主任一起拜访了殷秀才老人。得知我们的来意之后，殷秀才老人的话匣子敞开了，从革命战争时期表现斗争的民歌一直讲到改革开放，动情之处还哼唱起来，我赶紧让葛主任录音拍照。一个多小时的交谈让我们收获颇丰，我第一次感受到本土民间音乐的浩瀚。临走时还有意外的收获，老人送我们两本书——《留声》与《留影》，书中主要收集了骑岸、五总、十总、石港等地的民间故事、音乐以及民间文艺作品。老人从文化站退休后笔耕不辍，走访田间巷头，收集整理了这片土地上曾经传唱的歌谣，很好地保护了地方濒临消失的宝贵的文化遗产。

我利用春节期间，反复地翻阅老人家送的两本书，哼唱书中的民歌，寻找创作的灵感，最后把目光锁在了一首叫作《什么圆圆圆在天》的歌曲上，这是一首流传在骑岸周边的四句体民歌，以问答对唱的形式呈现，类似广西民歌《什么结籽高又高》，旋律简单淳朴、流畅动听。哼唱了几遍之后，我脑海中开始有了音乐旋律的雏形，不敢懈怠，赶紧动笔，经过了几个小时反复推敲，旋律基本成型。词作者对歌曲出炉的心情是最迫切的，特别想知道自己的歌词唱出来是怎样的。郝校长也不例外，获悉歌曲写出来之后，顾不得春节老家事务繁忙，急着让我唱给他听。在艺术创作中，经常会有"不识庐山真面目，只缘身在此山中"的现象，就是创作的人对于自己的作品怎么听都觉得好听，就像父母看着自己的孩子一样，怎么看怎么好，真正能发现问题的是外人。郝校长听完后觉得有几处歌词过于密集，担心学生传唱时可能吐字会不清晰，又把文字压缩了再压缩。我自然也是绞尽了脑汁根据歌词修改音符。好在是在电脑软件上制作，修改起来也方便，就这样折腾来折腾去，几天下来，校歌词曲基本上定稿。

我还联系了上次制作《支教者之歌》时伴奏的北京的工作人员来为骑岸中学校歌制作伴奏，但由于特殊原因，工作人员无法回京上班，歌曲的伴奏迟迟不能做出来。经过了漫长的等待，在数次催促下终于"千呼万唤始出来"，效果大大超出了我的预料，特别是前面一段前奏加得恰到好处，为整个旋律增添了光彩。我迫不及待地试唱了几次，用手机录了一遍就给郝校长传过去，郝校长也非常满意。一桩大事完成了一半，接下来就是商讨录音的事宜。我给出了两种方案：一是从外面请专业童声合唱团录，艺术效果肯定好，但少了些自己的元素。二是由自己学校的学生来唱，在艺术效果上肯定会差一些，但是骑中学生真实的演唱会更有意义。郝校长果断地选择了后者。经过精挑细选、每周数次雷打不动的训练，几个月后学生的发音开始有了些样子。接着，我联系了我们本地音乐录制水准较高的通州高级中学朱灿老师完成了歌曲录制。

如今，走进骑岸中学的校园，大课间就会听到这首充满朝气、催人奋进的歌曲，在国旗下讲话的地方，你会看到一张大型的喷绘图案——《一路飞翔》的词曲。郝校长是文化人，深谙中国文化内敛含蓄之道，喷绘图案中词作者用了笔名"齐中豪"，办有根的教育，育有魂的新人，郝校长确实是当之无愧的骑中豪杰！

一路飞翔

骑岸初中校歌

齐中豪 词
温锦新 曲

1=C 4/4
♩=92

范公堤畔，麦浪飘香。
遥望港水，源远流长。

先忧后乐，从此扬四方。
汗青丹心，从此新起航。

为师为范，正己达人，
学海无涯，奋楫者先，

| 5 6·i 6 5 3 | 2 2 3 5 2 1 1 - |

崇 文 正 得, 在 此 追 梦 想。
五 色 德 育, 在 此 塑 辉 煌。

| i· i 2· i i | i· 6 6 5 6 - |

啊! 骑 岸 学 子,
啊! 骑 岸 学 子,

| 2 2· 3 6 6 | 2 2 3 6· 5 5 - |

为 青 春 奋 斗, 写 美 好 诗 行。
为 成 功 奔 跑, 续 报 国 华 章。

| i· i 2· i i | i· 6 6 5 6 - |

啊! 骑 岸 学 子,
啊! 骑 岸 学 子,

1.
| 2 2· 3 6· 5 5 | 5 5 6 2 i - :||

你 风 华 正 貌, 我 一 路 飞 翔!
你 志 存 高 远,

rit.

2.
| 5 5 6 2 3 i | i - - - ||

我 一 路 飞 翔!

我把最美的歌教给你

经过了一段煎熬的等待,学校终于复课了,应该说这个消息是令人兴奋的,一时间朋友圈里被各种各样的"神兽归笼"内容刷屏了。

出发去支教,作为一名音乐老师,此时我又能为我深爱的这个国家做些什么呢?"教学生唱国歌",一个声音从心底冒出来。让孩子们把国歌唱得一字、一音、一拍都不出错;让孩子们把国歌唱得滚瓜烂熟、倒背如流;让孩子们在任何时间、任何地点国歌都能不假思索地脱口而出;在孩子们懵懂的心田上播撒爱国的种子,让他们能深刻地理解国歌的意义。

我按捺不住内心的激动与兴奋,早晨八点钟驱车从家里出发,马路上已经恢复了往日的车流,路旁的商铺也都开始了正常营业,阳光透过车窗,霎时间觉得整个世界都温暖如春,一切都恢复了该有的模样。

今天的课堂从国歌诞生的故事讲到国歌适用的仪式,从情绪速度讲到节奏与力度,再讲到三连音和连续的附点节奏,从重音记号讲到感叹记号……每一个知识点都做了仔细的分析,一遍遍地教唱,一遍遍不厌其烦地纠正,终于像模像样了。当然,初中生处在好动的年龄段,难免有学生上课会心不在焉,为了及时抓住他们的注意力,增强课堂的趣味性,我设计了一些关于《中华人民共和国国歌法》的辨别题,告诉他们在升旗时交头接耳，任意篡改国歌词曲等都是违反《中华人民共和国国歌法》的行为。

最后，我们一起分享了一则真实的故事，摘抄如下：2011年叙利亚国内发生武装叛乱，我们国家有一千多名人员要撤离，当他们到达埃及边境附近时，发现此处有无数的难民想逃离这个充斥着血与火的地方。经过我方大使馆人员与埃及政府协商，埃及政府决定让所有的中国公民过边境。因为当时难民太多，难以辨别，最后使馆人员想出了一个办法，就是只要会唱中国国歌的就放行……没有想到吧，一个强大国家的国歌会成为她的公民生命的护身符，逃离灾难的通行证。

同学们，老师把中国人心中最美的歌教给了你们，我要告诉你们，她的每一个字词都凝聚着中华民族豪迈的气节，她的每一个音符都饱含着东方巨人雄起的力量，希望你们在今后的人生道路上，无论何时何地，需要你们高唱国歌时，都能理直气壮、准确无误地唱出这首中国人心中最美的歌！

益路同行

本周因陈梅副科长要送女儿去南京上学和我调换了一下课，所以今天继续去忠义初中支教。媒体上连续很多天没有本土病毒传播的报道，这让很多人紧绷的神经开始有所放松，课堂上几个调皮的学生时而把口罩拉到鼻孔下面，还有个别学生干脆就把口罩摘掉，尽管我也能理解孩子们成天戴着口罩的不适，但疫情当前，还是必须提高警惕，于是我及时制止了这些放任的行为。本着调课不调教学内容的教学管理原则，在初一年级仍然上《北京欢迎你》，在初二年级上《爱我中华》。在上《爱我中华》时，我借用了除夕期间一篇网络上疯传的一段文字设计了这样的导入：同学们好，今年我们过了一个不平凡的假期，在病毒肆虐的日子里，各种各样的文字让人目不暇接，其中有一篇给我留下了深刻的印象，题目叫作《全村把最硬的龙鳞都给了你》，可能同学们中有不少人读过，文章比较长，我把其中主要内容的整理了一下：78分钟修订完善出"非典"时期小汤山医院的图纸，1小时召集60名设计工程师，24小时定出设计方案，60小时与施工方敲定图纸，国家电网260名员工24小时完成了10万伏电路改迁8000米电缆铺设，电信部门36小时完成5G信号覆盖，完成了施工的现场直播，中石化、中粮集团，以及各种建材供应商、装修公司、电脑科技公司、医疗设备公司、快递公司、电器公司等都全力以赴，1000多台挖掘机，75000名工人10天建成可容纳1500张床位的雷神山方舱医院和1000多张床位的火神山方舱医院。我们中华民族与病毒之间上演了一场"生死时速"的搏斗。看完了这篇文章，我相信我们每一个中国人都感到无比自豪，一种"我幸福，我生长在中国"的情感油然而生，今天我们就来学习歌曲《爱我中华》。

时间就是这样，当你全身心地投入做一件事情时就会过得飞快，不知不觉中半天的支教活动就结束了。用完工作餐后，我驾车返回，路上遇到的一件事情让我对公益支教的意义又有了新的理解。

忠义初中是一所地理位置非常偏僻的学校，偏僻得连导航都不能导出正确的路线。所有进出忠义初中和小学的汽车只能走学校西边一条两米多宽的乡村水泥路，遇到会车就非常麻烦，好在路两边有民宅水泥场地，在会车时可以借个道，否则真不知该怎样通过。中午返程时，我又开上了这条颠簸不平的水泥路，老远就见一辆白色的汽车打了方向靠在路边。我心里不明白车主的意思，明明前面还有好几个可以借道的地方，怎么这么老远就停下来了呢？看样子又不像要拐进民宅，难道说这里的老百姓会有如此文明谦让的会车习惯？以前也没有碰到过呀，还是遇到了新手不敢开，老老实实等我过去？……等我放慢车速开了过去一看，全明白了。对面车窗早已摇下，驾驶室内的她挥手向我微笑打招呼，车主是忠义初中的一名老师，脸很熟悉，记得去年还来听过我的音乐课，很显然是她认出了我的那辆海星蓝的雪佛兰，不愿意给我增添会车的麻烦，主动在很远的地方就靠在路边让我先过去。我和她本来素不相识，因为公益支教有了几面之缘，却接受着她的礼让。这让我想起法国著名现实主义作家梅里美说过的一句话："礼让可以代替最高贵的情感。"特别在当下这个人心浮躁的社会里，无关乎利益诉求、无关乎职位地位的礼让，更值得让人铭记与尊敬。

什么是公益？我很赞成这一说法：公益不是看你捐出了多少钱，公益的核心是唤醒了多少人内心的善良。从每次进校门笑脸相迎的保安师傅到忙前忙后开门拍照的煜军兄弟，从校园里一张张稚嫩的笑脸到食堂里乐呵呵打菜的伙房师傅……我能从中体会到他们正受到我们的公益支教事业正能量的影响，也能看到他们对我们支教事业的支持与尊敬。从事支教活动之前，我也不明白为什么有人会做这种受累却没有物质回报的公益事业，做了之后才知道公益可以净化人的心灵，让人从物欲与名利中抽出身来，从心底里感到解放与快乐。自己的内心改变了，身边的世界也会悄悄地改变，身边的人也会因你而改变。其实，我们每一个人的力量都是十分渺小的，对这个世界的改变也是极其有限的，但是我们可以通过这种爱心的活动，将我们身边的人心中善良的一面唤醒，让他们知道什么是应该做的事情，什么是有意义的事情，再将这爱的种子播撒到我们生活的周围，吸引更多的人乐此不疲地投入到这项事业中来，在这个过程中一起享受生命的价值与发现真谛。

每个人的心中都装有一所母校

赶到忠义初中已经是大课间的时间。我感到有些奇怪，原来每次来都是看到学生在跑步锻炼的，今天校园里有很多学生正拿着笤帚簸箕在打扫卫生。我询问后得知，原来是忠义初中知名校友——福建省武警总队司令员曹勇将军假期要回母校看看。随着话题的深入，我也对忠义初中的校史有了更深入的了解。在二十世纪七八十年代，这里曾经是一所很兴旺的学校，有过高中部，教学质量也很好，周边不少农村子弟就是从这里考上了大学，成了国家的栋梁。农村孩子能吃苦，特别是进入部队这个大熔炉后，既有文化知识又有吃苦耐劳的优秀品质让他们迅速脱颖而出，据说这里曾走出陆凤彬、陈达、季广智、颜纪雄、曹勇、曹竹兵、杨忠七位将军，是名副其实的将军之乡。这一切应该与当年的忠义学校优秀的办学质量有着密不可分的关系。

忠义学校是幸运的，至今依然完好无损地保留着。由于教育区域的调整，许多类似规模的学校都进行了拆并，就连不少老牌的完中也停止了高中部的招生。忠义学校的校友们更是幸运的，母校的存在让他们随时可以重返校园，睹物思人，回忆曾经的芳华岁月。有人说母校是温馨的港湾，然而，并不是每一艘疲惫的航船都能找到自己的港湾。前些年，我就读了十一年的母校就被拆掉了，旧址上盖起了三层楼的工厂，原来的操场复耕成了农田。去年五月一日，我徒步来到这里，试图寻找记忆里的学校的印记，很遗憾，校园内除了一段几十米的围墙和一扇生了锈的铁门外，再也找不到当年的半片砖瓦。唯一值得庆幸的是，学校原来操场旁一座破旧的宅院还原封不动地保留着，无数次从它旁边走过，童年的一幕幕情景又浮现在我眼前，我连忙拍了几张照片发到了同学群里，不少同学一眼就认了出来，沉默多时的群里马上热闹起来。

非常巧合，今天初二的教学内容是《梦驼铃》，一首反映游子思念故乡的歌曲。"攀登高峰望故乡，黄沙万里长，何处传来驼铃声，声声敲心坎……"我想，无论对于谁，母校都是每一个读书人心灵的故乡，那里有明亮的教室、宽阔的操场、同学的欢歌笑语、恩师的谆谆教诲，那里有我们激情燃烧的岁月，那里有我们走过的青春足迹，在那里我们开始孕育人生的理想与信念……

课堂小结时，我这样总结：同学们，今天我们学习了这首充满思乡之情的《梦驼铃》，或许你们现在还不能体会这种情感，将来有一天，你们为了生计，为了人生理想将会离开这片生你养你的土地。当夜深人静时，当乡愁阵阵袭来时，当你想念昔日的同窗好友与恩师时，当你想念这片曾经生活了三年的校园时，就在心底轻轻唱起这首"攀登高峰望乡……"

劳动创造美

今天，因为要送女儿去驾校，我七点钟就从家中出发了，不到八点半就到达忠义初中，距离第三课还有一个多小时。有了节前的打扫，校园里显得格外干净与整洁，而校园的外部整洁与音乐教室的零乱极不相称，正好有时间，我决定来个彻底的大扫除。

我一直不满意钢琴上堆着高高的教材，于是决定先把钢琴上的循环使用教材全部整齐地摆到讲台上，又找了块抹布将黑板擦洗干净，再写上一行粉笔行书"新时代文明实践公益支教活动"，接着到楼下教师办公室借了笤帚和簸箕，办公室的唐主任与我一起清理了课桌抽屉里的零食包装等杂物，并将地面打扫干净，桌凳摆放整齐。经过我们的辛勤劳动，音乐教室焕然一新，我的心情也舒畅了很多。

我相信很多人心中都藏着一位爱美的天使。例如，宋代改革家王安石在访问他的好友湖阴先生时发现他家里打扫得一尘不染，诗兴大发，留下了"茅檐长扫静无苔，花木成畦手自栽"的名句。如果说"茅檐长扫静无苔"是物质世界的美，我们可以通过体力的劳动来实现它，那么还有一种美，它藏在孩子们的心间，是精神世界的美，这种美需要我们教育人不停地去思考、去挖掘，用脑力劳动来实现它。

今天的教学内容是《赶圩归来啊哩哩》，这是一首非常简洁明了的彝族民歌，两段体的旋律，四段歌词共十六句话。如果按照常规的思路去教唱，短时即可教完，但是很难感受歌曲用不同形式表达的美感。就像这简陋的音乐教室，不去打扫也能在里面上课，只是感受不到整洁的授课环境带来的愉悦心情。于是，我用对唱、齐唱、独唱等方法来表现它，学生的激情很快被调动起来。人们对美的追求是没有止境的，接下来我又设计了拍打节奏的活动，可惜教室里没有打击乐器，不过没有关系，我们有手、有脚、有课桌、有地面、有同学的肩膀……我还让同学们试着二声部合唱，听完我觉得似乎还不足以表达彝族少女赶集归来的欢愉之情，于是又编了一些简单的舞蹈动作加进去……就这样，我不停地挖掘着歌曲可能的表现美的方式。

著名雕塑家罗丹说过："世界上从来不缺少美，而是缺少发现美的眼睛。"我仿写一句：音乐课堂从来不缺少美，而是缺少调动美的热情。作为一名音乐老师，要学会不断地去发现、去挖掘一切的表现美的方式。

一次关于歌曲中谬误的争论

英国作家萧伯纳有一句名言:"你有一个苹果,我有一个苹果,交换一下,还是一个苹果,你有一种思想,我有一种思想,交换一下,我们就有了两种思想,甚至更多。"这段话说明了交流与沟通的重要性。今晚,支教团队微信群里的一场讨论让我深刻感受到这句话的真谛。

完成了学校一天的课务,我拖着疲倦的身体回到家。突然想起明天还要去忠义初中执教的《唱得响亮》伴奏还没有练好,于是匆匆忙忙处理完家务,坐到了钢琴前。在弹唱过程中,我发现了一个问题,觉得有一句歌谱,可能是教材在编写时漏了一个还原记号。这一敏感性与我长期和简谱打谱软件打交道有着不可分割的关系。开始学打谱时,我经常在临时升降记号问题上因大意出错,后来就发展到一看到临时升降记号就条件反射似的精力特别集中。再三仔细检查,凭着感觉,我觉得这里出了问题。是教材编写时疏漏了,还是作曲家故意为之?我拿捏不定,忽然想到了我们支教团队的微信群,何不把这个问题抛到群里去探讨一下?很快群里的多位同行发表了各自的意见,他们的意见很统一——教材没有出错,是我多疑了。我天生骨子里有一股不愿意服输的劲儿,由于不甘心,我把截图发给了好友——南京市特级教师潘朝阳博士。我和潘老师也是在"音为有爱"微信群里认识的,看了他的心路历程后添加为好友。潘老师也是一个有故事的人,20世纪70年代在工厂干过钳工,恢复高考后考进大学,勤学上进,工作后从本科一直读到南京师范大学的博士毕业。他扎根于农村音乐教育,多次放弃了去高校工作的机会。20世纪80年代初,他的工资每个月只有一百零六元,他省吃俭用借遍了所有亲戚,花了六千多元买了一架钢琴运到学校里上音乐课用;他去山区支教,每天在公交车上来回颠簸五个多小时却乐在其中。前一段时间,山东电视台"寻找乡村教育家"的栏目报道过他的事迹。本来他想约我合作做一个推广初中艺术素质的公众号,后来出于种种原因没有谈成,但是我们之间这种亦师亦友的关系一直保持着。潘老师非常赞同我的推测,并告诉我,他曾整理了教科书中二十几处错误,向时任省教研员的戴海云老师反映过,其中就包括我提的这个问题,戴老师也答应和出版社商量在教材再版时做适度调整。有了潘老师的答复,我心里多了些底气,至少说明我的推测不是无稽之谈。

关于辩论,我个人很欣赏墨子在他的《小取》中这样一段论述:"夫辩者,将以明是非之分,审治乱之纪,明同异之处,察名实之理,处利害,决嫌疑。……无诸己不求诸人。"意思是说:辩论的目的,是要分清是非的区别,审察治乱的规律,搞清同异的地方,考察名实的道理,断决利害,解决疑惑。……自己赞同某些论点,不强求别人赞同,自己不赞同某些观点,也不要求别人反对。

至于事实究竟是怎样的,可能只有当面问了曲作者,真相才会大白于天下。我想这已不重要,重要的是我们对教材要有一种质疑的精神,要有为了证明自己的观点不断地去钻研的劲头。团队在备课时要有思想的碰撞,因为思想和思想碰撞出来的火花是世界上最美丽的花朵。

在创新中寻找出路

一直在思考一个问题，经过了一年多的努力，两所初中和几所小学的音乐课是开设起来了，那么，接下来如何实现从有到好的转化呢？大家经过短暂的商讨后，决定举行一次支教老师公开课的教研活动。当天下午我们就拟出了名为"音为有爱，情系乡村"活动的讨论方案。按照以往教研活动的惯例，活动时间定为两天，所有参会的老师上午一起去骑岸初中，下午去亭西小学听课，第二天上午去忠义初中，下午在忠义初中听专家评课。方案转发到基教科后很快得到了回复：考虑到实际情况，这么多老师挤在一个教室里听课不合适，要重新拟方案。

重新拟方案，怎么拟？我想起了最近正在读的《风雨春晚情》一书，书中讲述了春晚总导演黄一鹤数次执导春晚成功的法宝就是敢于创新。受到这一启发，我借鉴了春晚分会场的经验。很快第二套方案出炉：上课和听课、评课老师分成三个组，三所学校同时开课，这样相对而言，人员就没有那么集中了。上报的第二套方案基本得到了认可，就剩一个评课的环节没能很好地解决。三个地方要有三个评课的专家，除了区教研员李平娟老师和陈梅副科长外，似乎很难再找到第三个合适的人选。因为没有经费外请专家，区内很多优秀的老师又都在支教团队中上课，谁去忠义初中评课？这成为第二套方案实施中最棘手的问题。

如果找不到合适的人选，就由我来评课。当时的方案是：我自己上的课让听课老师发言点评，另外两位老师的评课由我来发言，当然，这是没有办法的办法。正当为这件事情愁眉不展时，局里给出了一个两全其美的方案。上午分别在三所学校开课，午饭后，骑岸初中和忠义初中两所学校的老师马不停蹄地赶往亭西小学，一点二十分之前抵达，一点半举行会议。同时，葛红玲副局长认为这是一项意义深远的教研活动，决定邀请通州电视台跟踪报道宣传。葛局长不仅有高瞻远瞩的眼界，对文字斟酌更是谨慎细致，她同时建议我们把活动的名称改为"音为有爱，乐系乡村"，字头连成了"音乐"，这样更好地彰显了这次活动的学科特色。乐是多音字，读成"le"也没有关系，因为活动本身的目的就是要让学生快乐地歌唱。

这一方案最终敲定，我心里的一块石头总算落地了。总结整个方案成形过程，我认为与一个字眼有着密切的关系，那就是"创新"。"创新"虽然是一个已被人们提起过千万遍的平凡字眼，但却永远有着神奇的力量，它会让人在"山重水复疑无路"时，一步步走向"柳暗花明又一村"，它总能让人们觉得未来有奔头、有不竭的希望，它会在人们懈怠时因为它而眼前一亮，为之振奋，它撩起了人们内心对新颖、独特、诱人、新奇的憧憬与渴望。

和一群拥有创新思想的人在一起，一定会将美丽的事业向前不停地推进。

关于常态课的思考

最近几天，团队里常常有老师问我这次活动的课堂要以怎样的规格来呈现。其实，对于这个问题，我也有过纠结，如果以评优课的标准来上，第一，会消耗大量的时间和精力；第二，我个人觉得这样的课对实际提高教学质量没有多大的借鉴意义。如果以普通的常态课来展示，有很多同行来听课，会不会和他们的期望值有距离？还有电视台来拍摄，活动的质量和影响力会不会打折扣？为了这件事，我电话请教了区教研室的李平娟老师。李老师果断地告诉我，上优质的常态课，既不要无数次地演练，也不能背离了教学目标，天马行空地随意上，要在知识体系的框架内让学生真正学到一些有价值的音乐知识，提高音乐素养。听了这番话，我心里有了底，于是明确告诉支教团队的老师，这次活动的要求是上优质的常态课。

其实，对于以前所谓的优课的评价标准我是颇有微词的，虽然我能理解基层老师为了拿张获奖证书也是不得已而为之。毕竟，芸芸众生中有多少人能冲出功利的束缚呢？但是，我在内心深处是不愿意认同与接受那种像放电影一样甚至能精确到秒的表演课的。我曾经发表过一篇文章《真实的课堂才精彩》，由于位卑言轻，倡而不和的结果是可想而知的。有人说思想者注定是孤独的，如醒得太早的人一样，当周围的人们还沉醉在甜蜜的梦乡时，早醒者却不得不独自面对黎明前浓黑的夜色。我认为最好的孤独是"慎独",《淮南子·说山训》中说"兰生幽谷,不为莫服而不芳",你看那深山中的兰花,没有人观赏赞美,却执着地定期绽放。我想,我能做的就是约束好自己,扎扎实实上好每一节音乐课,即使参加比赛也告诫自己不要反复打磨。2017 年,我参加教育部举办的"一师一优课"录像课评比,共录两次完成(其中一次电脑出了些小故障),自然少不了瑕疵,让我感到意外的是,最后竟入选了部级优秀作品。这就透露了一个信息,高层评课的风向标已经开始改变,评审专家已经不再把是否完美无缺作为评价一节课优劣的唯一标准。

是要虚伪的繁荣还是要平实的教学?王充在《论衡》中说:"知屋漏者在宇下,知政失者在朝野。"近年来,不断有一线的音乐老师发声。2018 年教育部公布了一项调查报告:全国近百分之六十的孩子唱歌跑调,这一消息在音乐教育界引起了强烈的反响,我的好友南京外国语小学的吴洪彬老师在《音乐周报》上发了题为《六成中小学生唱歌跑调,为何如此不堪?》一文,这篇文章后来被各大音乐教育媒体转载过,我查了一下,仅搜狐网站该文的点击量就超过百万。文中犀利地指出这一现象与近年来弱化双基的教学有着重要的关系。一些有识之士终于按捺不住了,提出了一种新的课堂生态环境——新常态课教学。所谓新常态,就是经过一段不正常状态后重新恢复正常状态。为了更深入地了解新常态课,我还特地请教了同在全国音乐教师群里的两位专家,他们都是新常态课的发起人,一位是内蒙古师大硕士生导师、呼和浩特市音乐教研员席建兵老师,另一位是在中央音乐学院搞继续教育研究的李金祥老师。他们告诉我,新常态课就是反对虚假繁荣热闹的课堂,反对反复打磨的课堂，同时又区别于随堂课，它需要有一定的知识体系，在长期的教学中要让学生获取音乐的素养。这好比日复一日、年复一年的家常菜，营养健康，老百姓能够天天吃。

其实我相信，在基层的很多老师都有相同的想法，只是没有能力像专家一样，找到理论的支撑，把它形成一个教学体系。当然，我们不能要求每一位基层老师都成为学者专家，但是我们可以把这些实用的理论运用到实际教学中去，尽我们基层音乐老师的一份良心与责任。真心期待 6 月 18 日的 9 节新常态课，能成为一缕春风，吹开坚厚的冰层，化作汩汩溪流，自由地、静静地流淌。

歌词创编

两周后，教研活动将如期开展，这几天，每天都有老师来询问活动的情况，看来老师们都已经开始认真地准备了，作为活动的组织者与参与者，我也该好好构思一下自己要上的课了。

这次我给自己定了两个原则：第一，这节课一定要有"干货"，要教给学生实实在在的东西，让他们掌握一些实用的音乐知识；第二，一定要有亮点，要让学生和听课的老师眼前一亮。本着这两个原则，我开始了备课。

《生死不离》是一首通俗歌曲，非规整节奏的运用是通俗歌曲的一个重要特点。这些非规整节奏常常营造出不稳定的氛围，很好地表现出歌曲的特色。多数非正规节奏可以用连音线来解释，所以在音乐知识这一版块，我决定从连音线入手，把出现连线的句子都单独列出来，再把它们分别划分到圆滑线和延音线两个知识点中，分别拆分开来讲解与练唱，这样一来，学生不仅掌握了连音线这一重要的音乐知识，而且对后面复附点的来龙去脉也会一清二楚，还为歌曲教学做了铺垫，争取了宝贵的时间，真可谓一举三得。

关键是第二点，即如何把课上出亮点。这首歌曲创作于2008年的汶川大地震之后，现在的初中生在当时还是襁褓中的婴儿，应该不会对这件事有很大的感触，难以感悟出歌曲要表达的中华民族在大的灾难面前手牵手、心连心，生死不离的情感。怎样才能引起他们情感的共鸣呢？一连几天，我陷入了思考……

灵感有时候就是这样，在你苦苦寻找时，它没有踪影，在不经意间它却突然闪现在你的眼前。在查找这首歌曲的视频时，我偶然发现网络上还有相似的一首歌曲叫作《生生不息》，一查才知道，那是词曲作者和演唱者在十年后再度合作的一首反映汶川灾后重建的作品，副歌部分旋律没有改变，重新填了词："无论你在哪里，都要找到你，我要告诉全世界，这里的消息。把今天的美丽都分享给你，生生不息，重新站起。"

一个大胆的想法在我的脑海中一闪而过：何不填上抗击疫情的歌词？如果说汶川大地震对他们来说是遥远的，那么对于2020年初的新冠疫情，学生们应该都有深刻的体悟。他们都曾经历过春节里待在家里有亲戚不能走动，有时间不能旅游，有学校不能去上的痛苦与无奈，也在各种平台了解到新冠疫情的严酷。我相信他们一定能在新歌词中领悟到这种撞击心灵的情感，于是，第二段歌词出炉了——

"生死不离，我的未来在哪里？昨日繁华逝去，才明白要去珍惜，新冠病毒横行肆虐，你的身影融在援助大军里。生死不离，盼望你归来的消息，相信未来美好，一切都会光明无比，看不到你面容，背影眼底里，奉献化作生命全部的意义。无论你在哪里，都要保护好自己。我们等你归来，平安的消息。无论你在哪里，都要保护好自己，手牵手，生死不离。"

字典上是这样解释"灵感"的：灵感是思维的一种形式，是在精神高度集中时表现的一种创造力。这让我想起多年前读过一个小故事：设计师约翰·伍重接下悉尼歌剧院的设计重任，很多天过去了，仍然拿不出一个满意的方案。妻子看他整日愁眉不展，心疼地给他递了个橘子。无他用小刀划开了橘子，望着这一瓣一瓣的橘子，电光石火之间一个创意跳入他的脑海，就这样悉尼歌剧院的设计图诞生了。虽然一节音乐课的创意无法同一座蜚声国际的歌剧院设计相提并论，但是我想道理是相通的。正如列宾所言："灵感是由于顽强劳动而获得的奖赏"。是呀，灵感只会光顾那些锲而不舍的思考者。只有"众里寻他千百度"，才会有"蓦然回首，那人却在，灯火阑珊处"。

附：教案

《生死不离》教案

教学目标：

1. 情感目标：感受悲伤的音乐情绪。领略灾难面前，一方有难八方支援的情感。

2. 过程方法：运用比较法、分析法，发现歌曲的异同之处，并加以区分学唱。

3. 知识技能：了解歌谱中一些复杂的节奏。能为熟悉的旋律配上简单的律动。

教学过程：

1. 发音训练

$$1\ \dot{1}\ -\ -\ |\ 5\ 3\ 1\ -\ -\ \|$$
$\quad$ a $\qquad\qquad$ a

2. 音乐知识

（1）连线的作用与唱法。

连音线有两种，第一种叫"延音线"，指连接两个音高相同的相邻音的弧线，在实际演唱时两音唱成一个音，保留后面一个音的时值。在练习时可以先把连音线去掉，熟练后唱唱名后的元音，保留对应的时值即可。例如：do 和 sol 延长 o，re 演唱 e，mi 和 si 延长 i，fa 和 la 延长 a，在歌曲中往往是延长的音对应着一个字。下面我们练习一下。

4 3 2 2 - 3 2 | 3 1 1 - - ‖
拉着手， 生死 不离.

2 2 2 1 3 2 · 7 7 |
失去 了美丽，你却

5 6 6 - 6 7 7 |
心里 你的

第二种叫"圆滑线"，指连接不同高度音的弧线，表示要演唱（奏）连贯，在歌曲中，一字多音的情况下常用这一连线。

7 7 7 7 7 5 3
等待梦在明天

5 1 1 5 1 5 5 · 3
无论你在哪 里，我

（2）复附点。

音乐中复附点的作用是表示延长附点前面音符时值的一半。如我们常见的 X· X

一起来朗读它的节奏，将后面八分音符变成十六分音符又该怎么读？X· XX

再加上连线这个节奏怎么读呢？X· XX

运用刚刚学过的延音线的方法来读一读。

这个连线的节奏 X·· X 实际就是可以成理解成 1 + 1/2 + 1/4

+1/4 = 2

实际运用：

$\dot{6}\ 5\ 5\ 1\ 3\cdot\cdot\ \ \dot{3}\ |\ 4\widehat{3\ 2}\ 2\ -\ 3\widehat{2}\ |\ 3\widehat{1}\ \dot{1}\ -\ -\ \|$
都要找到你　　　手　拉着手，　生死　不离

3. 新授歌曲

（1）导入：弹唱《我和你》

同学们还记得学过的这首歌曲吗？它是北京奥运会的会歌，还记得北京奥运会是哪一年举办的吗？

2008 年，是不平凡的一年，我们难忘奥运的盛典，同时我们也难忘那场突如其来的灾难。

2008 年 5 月 12 日，汶川发生了新中国成立以来最严重的地震，近 7 万人死亡，38 万人受伤，18 万人失踪，直接经济损失 8451 亿元人民币。

一片狼藉，触目惊心，惨不忍睹，在这个危急时刻，国家领导人来了，人民子弟兵来了，成千上万的志愿者来了，全国人民捐钱、捐物、捐血，做着自己力所能及的事。中国人民就是这样，呼吸相通，血脉相连，彼此的手紧紧地握在了一起。

著名词作家王平久用饱含深情的笔墨写下了这首《生死不离》，很快著名音乐人舒楠用一天的时间就谱成了歌曲。

（2）学唱《生死不离》

①我们先来听一听成龙的演唱，请同学们试着跟着哼唱并思考这首歌曲表达了怎样的思想感情。

②我们知道重复与变化是音乐创作的两大重要方法，对照歌谱，比较一下重复与变化之处。我们把这种方法称为"同头异尾"，请比较异同之处并加以区分学唱。

③同学们，你们觉得哪一句最好唱？这句在歌曲的结构中

叫作什么部分？我们怎样在副歌部分给它加上律动（肢体语言）。

(3) 拓展一《生生不息》

2018年5月12日，汶川地震十周年纪念日，全国人民缅怀逝去的同胞，致敬救灾的英雄，王平久、舒楠、成龙，三人再度联手合作创作汶川地震十周年纪念曲《生生不息》，我们一起来欣赏，请注意比较两首歌曲在旋律上有什么关系。（副歌部分旋律相同，重新填写了新的歌词。）

(4) 拓展二

中华民族历史上经历过很多磨难，但从来没有被压垮过，而是愈挫愈勇，不断从磨难中成长、奋起。

如果说在2008年，你们还是襁褓中的婴儿，对那场灾难你们没有多少印象，那么，对于今年的疫情，你们应该有很深感触。在新冠病魔肆虐横行的日子里，我们有学不能上，有亲戚不能走动，有商场不能购物，……为了早日结束这场疫情，许许多多中华儿女义无反顾地冲到抗击疫情最前线，去守护广大人民的生命安全。

今天，老师为这首歌曲填写了新的歌词，让我们一起在歌声中感受全国人民上下一心，同呼吸、共命运、手牵手、心连心的情感。

(5) 小结

今天这节课我们一起学习了《生死不离》这首歌曲。在以后的人生征途上，我们还会碰到各种各样的灾难，在灾难面前，我们一定要有坚持必胜的信念，要有挺身而出的勇气，要有无私奉献的精神。只有大家都能这样，我们的国家才能经受住各种考验，劈波斩浪，勇往直前！

探　路

　　活动的日子越来越近。为了确保活动万无一失，我把一个个环节仔细梳理了一遍又一遍，思来想去，觉得还有一个环节心里没有底，那就是在忠义初中参加活动的老师午饭之后赶到亭西小学，时间很紧，只有一个多小时。如果按照我曾经走过的路线，从忠义到金沙四十分钟，金沙再到亭西半个小时，这样走一点富余的时间都没有，万一在城区遇上堵车，那肯定会迟到。从忠义到亭西有没有一条快捷的道路呢？

　　我打开高德地图，地图显示有三条道路可以选择，时间差不多都是四十几分钟。我吸取第一次去忠义在零二七线的路上开了一个多小时的教训，放弃了忠义到金沙再到亭西的路线，我内心比较青睐从平海线上走，唯一担心的就是要经过一段乡村无名道路，这段道路到时能不能畅通，如果遇上修路怎么办？到时候这么多人跟着我迷了路，麻烦可就大了。正好今天下午学校监考三点多钟就结束了，我盘算着还是自己先探探路吧。我从金沙中学向北经过古沙路上洋海线，不久就到了洋海线和平海线的交界处，打开手机导航，显示还有二十四公里。因为是临时的决定，走得匆忙没带充电宝，手机屏幕上显示剩余电量只有百分之二十。我有些犹豫，我开车属于离开了导航在陌生地方就分不清东西南北的那一类，再想想，既然已经开到这里来了，那就全当一次探险式的短程自驾游吧。

平海线是一条通往通州湾的主干道，或许是因为没有到下班高峰，路上看不到几辆车，我暗自庆幸自己的判断不错，一边留意着路边的标志性建筑，一边听着导航提示。黑色的路面像一条没有尽头的布带，两旁的路灯杆飞一样地向身后退去，经过几天连绵细雨的洗礼，路边的绿化带也显得格外葱绿。又有雨点开始拍打着车窗了，在雨帘中行驶了二十几分钟后，我看到了一个非常显眼的招牌——"通州湾人民欢迎你"，同时导航提示我右拐进入乡村道路。最尴尬的事情终究还是发生了，我的手机已经开始提示电量不足，没有任何办法，坚持到它自动关机吧。大约过了十分钟，一片果园映入我的眼帘，这让我喜出望外，因为我有几次搭同事的顺风车时路过这里。就是说，活动那天只要让他把我们送到这片果园处，后面就应该没有问题啦。手机剩下最后一点电，我抓紧拍了一张拐弯处红色楼房的照片，手机就彻底罢工了。还好剩下来的任务就是回家。我凭着模糊的记忆和侥幸的心理一直向南开，结果车开到一户人家门口路就断掉了，幸运的是遇到了一位路边行走的老农，他告诉我沿原路返回在第一个路口左拐就可以开到东社街上，按照他指点的路线，果然不远处看到了东社学校，此时已经雨过天晴，太阳出来了，天空蓝得像洗过一样，"斜日消残雨，红霞映晚村"，村庄、农田、学校都披上了晚霞的彩衣，而我在迷路后又找到了归途，真是"乃瞻衡宇，载欣载奔"。

鲁迅先生说过，世界上本没有路，走的人多了就成了路。其实，我们的公益支教不也是这样吗？从一个支教背包客到一个支教团队，应该说走着走着就发现了路。探路自然免不了会遇到荆棘，会有风雨，甚至会因偏离了方向而迷路，但只要我们心中有信念，笃定地走下去，一定会走出一片艳阳天。

做一缕微光

6月18日,一个普通的日子,可对于公益支教团队来说却是特别值得铭记的一天。我们终于迎来了"音为有爱,乐系乡村"乡村支教教研活动。一大早我乘着陈煜军主任的车赶往忠义初中,昨夜下了一场小雨,此时天空一碧如洗,两边绿化带树叶绿得发亮,草坪青得发光,空气中也弥漫着清香的气息。

上午忠义初中的三堂课应该说都是成功的,共同的优点是淳朴自然,是经过认真准备的常态课。群里不断上传着三个场地的现场活动照片,特别是骑岸初中,彩旗招展,盛况空前,像是在过节。午餐后,我们一行八人直奔亭西小学,几位美女老师的驾驶技术令我佩服不已,看来前几天探路时的操心是多余的。

下午发言环节,老师们也是妙语连珠,看得出来大家都是经过充分准备的。规定不超过四分钟的时间似乎有些不够,特别是钱晓慧老师讲到动情处两次哽咽,学音乐的人易伤感,也许与我们内心的情感世界更为丰富有关。女子如此,男子也不例外。前段时间,我读到郭声健教授的《美国教育考察报告》一书,他在序中这样写道:"在我的记忆中,一辈子没有流过2008年这么多的泪,也许是异国他乡,让人更容易伤感,也许是整天待在房间关注网络,摄入了太多的信息,一个堂堂的中年男子，就像孩子一般，眼泪说来就来，无法自控……"歌德说过，没有经过长夜痛哭的人不足以谈人生。郭教授把内心的悲痛化作一篇篇翔实的考察报告，记载了一年来在美国考察音乐教育的所见所闻所思所想。有人说，真正的强者不是不流泪的人，而是懂得含泪奔跑的人。郭教授把这本耗时一年，呕心沥血而成的著作的所有稿费全部捐献给了灾区，用他的话说就是："希望当地重建灾区时，用这笔稿费多买几根钢筋，多买几包水泥，把学校建成当地最坚固的建筑。"晓慧老师也在调整好情绪后，表达了一个心愿，我想这也是团队里老师们的共同心愿——做一只夏夜的萤火虫，即使再微弱的光也要照亮他人前行的路。

如果说一只萤火虫发出的光是微弱的，那么一群萤火虫汇聚在一起就可能成为一盏萤灯。史有"囊萤夜读"，你看就是这样一盏萤灯，照亮了日后成为东晋名臣的车胤的人生前行之路。《诗经·东山》中也有："我徂东山，慆慆不归。我来自东，零雨其濛。果蠃之实，亦施于宇。伊威在室，蠨蛸在户。町畽鹿场，熠耀宵行。不可畏也，伊可怀也。"你看那萤光虽弱，却照亮了一位思妻心切的戍边男子回家团聚的夜路。萤光啊，多么浪漫的生命之光！

公众号的处女作

活动的当天是周四，下午，骑岸初中题为《骑岸初中：喜迎通州区二〇二〇"音为有爱，乐系乡村"金沙风公益支教研讨活动》的报道就推送了出来。其发稿的速度之快，让我想起1984年洛杉矶奥运会上我国射击健儿许海峰获得第一块金牌，新华社记者在十分钟后就发出新闻稿，成为世界上报道这一消息最早的新闻单位。进入了信息时代，碎片化消息的传递速度更是快到以秒来计算，但是要形成一篇图文并茂的推送报道，可就不是那么轻松的事了。尤其是对于一所只有不到三十位老师的农村初中来说，能在如此短的时间内成稿，其办事效率确实令人佩服。第二天，忠义初中和亭西小学的活动报道也相继发出，除了争分夺秒地完成一篇像样的报道以外，我们似乎已没有退路。

"时效性"是新闻的根本特征，既然在"时"字上没有做好，就在"效"字上下功夫吧！

周五下午，我忙完了组织部的合唱，就马不停蹄地构思这篇报道。因为是第一次做，我不知道从何下手，好在女儿在大学的团宣部做过类似的工作，有了这一坚强后盾，我的心里也增加了些底气。不巧的是，她后天有一场线上考试，完全找她代劳是指望不上了，我只能在她的指点下自己摸索尝试。

首先，我确定了题目"益路同行，音你而美"。"益"和

"音"分别取"一"和"因"的谐音,彰显了活动公益性和学科性。开篇采用了新闻报道的思路,简明扼要地做了介绍。接下来,我想摆放每一位上课老师的照片,下面配什么文字呢?如果就是平铺直叙地介绍,感觉会落入俗套。正当我一筹莫展之际,桌上提交上来的听课记录表跳进我的眼帘,我灵机一动,何不让听课老师来评述呢?于是,精心挑选了九位听课老师的评语作为照片下的配文。

在进行会议环节的编辑时,我遇到了一个很大的麻烦。原因是我没有找到葛红玲副局长发言时高质量的照片。要知道,葛副局长为这次活动可是操了不少心呀!从三校分开活动方案的最终敲定,到活动当天推掉一个省级幼儿园模拟验收的重要会议专程来参加我们的活动。说句心里话,没有葛副局长的支持,真不知道该怎样去落实和开展此次活动。推送里少了她,于情于理都是无法交代的。我不甘心,于是再次联系了亭西小学的马老师,我让他把相机里的所有照片和视频传过来,心想实在不行就从视频里截取。遗憾的是,马老师告诉我,在葛副局长讲话之前相机突然出了故障,没有拍到葛副局长讲话的视频。当时,我一听这个消息就懵了,这是上天要故意考验我吗?仅剩的一丝希望落在了马老师打包发来的所有照片上,我把关于葛局长的不多的几张照片收集排列起来,仔细地比对,可选来选去就是选不出一张称心如意的。正当我万念俱灰时,一旁的女儿提醒我,能不能退而求其次,找到一张可以后期裁剪处理的照片。真是一句话惊醒梦中人,我茅塞顿开,苍天有眼,终于找到了一张符合条件的照片!照片上重要人物的表情还可以,唯一的瑕疵就是画面里其他的人物显得零乱,我如获至宝地马上进行图片的裁剪和加工。

要在"效"上做文章，似乎容量还有些不够，我把目光再次投向了上课的九位老师，把他们的发言又做了一次浓缩和提炼，又是九张图。对于如何避免重复和烦琐，女儿教我一招，采用了滑动翻看的隐藏模式。图片是一露一藏，文字是他评与自评，无论从形式上还是内容上都形成了鲜明的对比。俗话说"多一个铃铛多一声响，多一支蜡烛多一分光"，多一个人就多了一份智慧。我将稿件交给基教科审核时，陈副科长又提出一个很好的创意，让我再放一组去年支教的照片和《支教者之歌》的歌谱，这样既有回顾历史又有展望未来之意，还是一次很好的对比。后期的排版在色彩、线条、布局上有了女儿的支持，应该说是很顺利和成功的。

在最后一个环节，稿件由陈梅副科长转交给葛副局长审核，陈科让我做好思想准备，据说工作中的葛副局长是一个完美主义者，根据以往的经验推测，她可能会提出很多改进和提高的意见，甚至让我周一做好去葛副局长办公室面谈的准备。周日下午送审，一切在意料之外又在意料之中——四个字"顺利通过"。有了官方平台的推送，我期待着这次公益支教的报道会在全区教育系统产生一定的影响。

做一件事要放弃很容易，要坚持却很艰难。要知道，成功的果实从来都是在坚持不懈中不断成熟的。我很庆幸第一次制作微信推送文，历经重重困难，坚持等到了美好的明天。

蝴蝶效应

记得2020年元旦前，我带着自己谱曲的《支教者之歌》参加中央电视台主办的"感动中国原创词曲作品新年音乐会"颁奖仪式。在接受著名军旅歌唱家乔军的采访时，我这样说过："……气象学中有一个名词叫作'蝴蝶效应'，就是说南美洲的一只蝴蝶扇动一下翅膀，就可能引起美国得克萨斯的一场龙卷风，我希望这首《支教者之歌》能像那南美洲的蝴蝶，影响越来越多的人来做这样一件意义深远的事情，为实现教育公平、教育脱贫做出贡献……"今天下午，在与基教科陈副科长交谈中，我兴奋地发现，虽然我们的活动还没有引起教育界海啸式的反应，但似乎已经感受到了第一股气压波的袭来。

她告诉我，教体局对我们的工作非常重视，表示要学习借鉴我们公益支教成功的经验，为了打赢全区教育脱贫攻坚战，下学期要在全区全面推广支教和走教的活动，不仅要在音体美等艺术学科中推广，而且语数外等主要文化科目也要借鉴公益支教的经验和模式，加快步伐实现全区教育均衡的发展。并表示有意向将我们的公益支教纳入教体局的管理，由财政发补贴，享受教体局出台的支教奖励政策。同时，也提出了条件，就是我们每周支教课时数要达到规定的正常工作量。从这一信息来看，至少说明我们一年的工作得到了社会和教育主管部门的关注和认可，至于纳入教体局管理，我觉得时机还不成熟。

首先，如果是这样，团队的性质就会发生改变，不再是"公益"而是"工作"。其实，只要能达到乡村孩子享受到优质艺术教育的目的，能给支教老师带来一些切身的实惠，至于支教是"公益"还是"工作"倒不是很重要，关键是要达到规定的每周八课时，这一条件是目前无法做到的。因为我们团队老师的支教是完成单位本职工作后的额外付出，有的老师本身在单位就有十几节课，再加上八节课是不现实的。所以，再三考虑后，我们还是决定做力所能及的"公益"。

至于支教的范围，我们可以再扩大一些，我们把目标锁定在几个五字头的小学上。五总小学的邱国彬校长是"金沙风"合唱团里的老队员，获悉我们的公益支教活动后，不止一次地跟我提出他们学校需要我们的帮助。一直关心五窑小学发展的金辉校长，曾在我们的推广活动报道下留言："公益支教令人敬佩，穷乡僻壤能否受益？五窑小学不足百人，美美与共心向往之！"金校长曾担任过教师进修学校的副校长，因为喜欢文艺，我们既是同事也是忘年交。退休后，他回到老家自荐当上了关工委主任，利用自己家的房子办起了"艺文苑"，这些年来，他一直为乡村教育的公平与均衡而奔走呼喊着。团队确定增加这两所学校，支教范围将由原来的三所学校发展到五所，我愈发感到我们的公益支教之路越走越宽阔。

回到家，我想起因为我们的音乐公益支教事业，会有很多乡村的孩子不仅能享受到优质的艺术教育，下学期还能接受优质的文化教育，不禁喜形于色。这一面部表情上的反应没有逃过女儿的眼睛，好奇心驱使着她不停地追问着我因为何事如此开心。我故弄玄虚，反过来问她："知道有这样一句名言吗？'让人们因为我的存在而幸福'。"女儿不解我为何突然反问她这个问题。我把下午获悉的消息全盘告知，并告诉她，在大学要多参加志愿者活动，也要让别人因你的存在而幸福。

　　每一个人都有追求幸福的权利，其实，我也曾无数次地问自己：幸福到底是什么？在我童年时，幸福就是母亲上街购物时带回的一块糖；在我少年时，幸福就是考卷上鲜红的一百分；在我青年时，幸福就是那张能让我跳出农门的大学录取通知书；在我成年时，幸福就是温馨的三口子的小家庭；再后来，幸福就是孩子的品学兼优；做了公益支教后，我才懂得世界上还有一种幸福，那就是让别人因为我的存在而感到幸福。

一份倡议书

要想扩大支教学校的范围，让公益支教的受益面变大，当务之急是要壮大我们的队伍，怎样让更多的老师加入我们的团队呢？因为是公益活动，团队吸收老师的加入只能靠精神的引领，思来想去，我决定写一份倡议书。全文如下：

公益支教倡议书

全区的专职音乐老师们：大家好！

"金沙风"公益支教团队是一支以公益支教为目的的团队，团队由区内专业优秀且有奉献精神的音乐教师组成，目前团队已有十一名志愿者老师。团队的主要工作就是每周组织老师给没有专职音乐老师的农村学校的孩子上一次优质的音乐课。在过去的一年里，团队给骑岸初中、忠义初中、亭西小学这三所农村学校送去了歌声，让那里的孩子们享受到了上音乐课的快乐。新学期，我们将继续在亭西小学、忠义初中、五窑小学、五总小学等学校开展公益支教工作。

其实，类似这样的学校在我区还有十几所，这些乡村的花朵渴望着音乐清泉的浇灌。为此，我们准备吸收更多的老师加入团队，将公益支教影响范围不断扩大，让那些没有条件上音乐课的学校的孩子早日实现徜徉在音乐中的梦想。

"金沙风"公益支教团队是一个纯粹的公益组织，选择它就是选择奉献乡村音乐教育事业，选择在奉献中获得快乐，在奉献中实现人生的价值。

老师们，我们每个人都在书写自己的人生，选择走公益支教之路，你的人生就关联到很多农村孩子的人生！你的歌声、琴声会滋润他们的心田，你的梦想会点亮他们的希望！他们的成长中就会有你的故事，你的生命史诗里也有他们的篇章，让我们用今天的时光帮助他们去拥有改变命运的力量！

金沙风公益支教团队
2020 年 8 月 20 日

做乡村音乐公益支教，若是心中没有了对乡村艺术教育的执着信念，一定是难以长久坚持下去的。这也是我们团队一直坚持以自愿加入为原则的重要原因。我相信能够自愿加入我们团队的都是有教育理想追求的好老师。一位老师一旦坚定了心中的理想信念，成功的教育人生就会离他更近。正如生物学家巴斯德所说："立志、工作、成功，是人类活动的三大要素。立志是事业的大门，工作是登堂入室的旅程，这旅程的尽头，就有个成功在等待着，来祝贺你努力的结果。"

申报"感动南通"教育人物

前文引用了法国生物学家巴斯德的一句名言:"立志、工作、成功,是人类活动的三大要素。立志是事业的大门,工作是登堂入室的旅程。这旅程的尽头就有个成功在等待着,来祝贺你的努力结果。"按照这个理论来说,我是格外幸运的,因为我还没有抵达旅程的尽头就获得了一次意外的褒奖。

下午,我正在梳理课题申报的材料,手机里跳出一条校长办发来的信息:"2020年区里'园丁奖'和第十一届'感动南通'教育人物(群体)评选已经开始,请有意向申报的老师到校长办公室填写申报表。"收到这条信息后,我的第一反应就是要带领公益支教团队申报"感动南通教育人物群体",因为我觉得我们的团队是配得上这一荣誉称号的群体。如果能申报成功,这也算是我为团队做了一件实实在在的事情。我把这一想法告知了基教科陈梅副科长,得到的回复是今年区教体局已经有团队申报了,团体奖只能等到明年再争取了。既然团队奖已经没有机会了,那就碰碰运气,以我个人的名义申报吧。

下午我到学校填申报表时,发现有不少同事申报了"园丁奖","感动南通教育人物"貌似申报者不多,估计是前者和职称晋级加分有直接的关系。我估摸着既然竞争者不多,自己又有翔实的申报材料,学校出线应该问题不大。果然不出我所料,过了几天,办公室周玉霞主任通知我准备申报的文字材料。就这样,我顺利冲过了第一关。接下来就是写事迹报告,以第一人称撰写这类事迹材料,我还是第一次,在网上查了前几届申报成功者的资料,再结合自己的实际情况,开始进行材料的构思。

第一稿,我分别从公益支教、教育科研、创作抗疫歌曲三个部分入手,三千多字,一气呵成。完稿后,我第一时间请骑岸初中的郝贵良校长提意见,郝校长有过教体局当秘书的经历,是这方面的行家里手。很快我就接到郝校长的电话,电话里他给我重新梳理了三点:第一点写"从一个人发展到一个团队",第二点写"从一所学校发展到多所学校",第三点写"创作《支教者之歌》时的想法,将乡村支教事业不断推向更广的范围"。听了郝校长的建议,当晚我进行了大刀阔斧的修改,第二天上午再次将文稿发给他。这次他又从文章的深度上提出了自己的看法,他认为全文有总结工作之感,没有很好地体现"感动"二字。其实,写完之后我自己也有同感,只是这是以第一人称写的,文笔要是太煽情,难免给人往自己脸上贴金之感。得知我的顾虑,郝校长鼓励我说这类写作不能太腼腆,要把自己的想法与付出大胆地写出来,笔墨不能太平淡,因为材料的质量高低直接关系到能否从通州区顺利出线到南通参评。郝校长的指点让我心里有了底,那么,怎样把做过的事写出来,而且要写得让评委感动呢?第三次修改,到底怎么改?我想起了王国维在《人间词话》中对写作追求的一段精辟论述:"词以境界最为上,有境界则自成高格,自有名句。境非独谓景物也,喜怒哀乐亦人心中之一境界,故能写真景物、真感情者,谓之有境界,否则谓之无境界。"要想从众多的参评者中脱颖而出，我得侧重真情实感的抒发。根据这一理念，我又对全文进行了合理的取舍以及词语的润色。当然，这一次也是三次修改中最艰辛的，"好文章是改出来的""板凳需坐十年冷，文章不写半句空"，借鉴前人宝贵的写作经验，从字词标点、句子长短到标题大意一次次地修改，等到完稿时已经是8月6日，稿件截止时间是8月8日，已经没有时间再改了，因为8月7日就读于东南大学女儿要开学，我要自驾送其上学，于是速速将文稿发至教体局办公室的信箱。

附文：

大爱探索支教路

——通州区金沙中学温锦新老师主要事迹

"白日不到处，青春恰自来。苔花如米小，也学牡丹开。"清代诗人袁枚的这首沉寂了三百年的小诗因为支教老师梁俊和他的学生们在《经典咏流传》上深情演绎而受到世人关注。在通州大地上，也有一群梁俊，他们像夜空中的点点繁星，以微弱的光芒照亮了乡村学校的孩子心中的希望。他们就是金沙风公益支教团队，温锦新老师就是这支公益队伍的引领人。

一、从一名支教背包客到组建一支公益支教团队。

2019年10月，在观看国家森林旅游节开幕式的演出时，温老师偶遇骑岸初中的郝贵良校长，在闲聊中，郝校长谈到了他的一个忧虑。骑岸初中位处乡村，多年来一直没有音乐老师进来，学校的音乐教室一直空关，学校配备的一架钢琴也一直闲置，蒙了一层厚厚的灰尘。孩子们不仅没有正常的音乐课可上，而且学校也开展不好音乐类的活动，美育的缺失对这些孩子的成长是极其不利的。孩子们盼望有音乐课，学校也盼望有音乐活动，却不知道什么时候会有音乐老师愿意走进这所乡村学校。

听着郝校长的讲述，看着他脸上显出的深深的无奈，温老师沉默了。想当初，他报考通州区委培音乐教育专业，立志学成后报效家乡，为通州区的音乐教育做出自己的贡献。如今却看到有那么多的孩子连正常的音乐课都上不了，他的内心一阵酸楚，他觉得他有愧于自己的初心，有愧于父老乡亲的厚望。

几天后，温老师背着一个小音箱，驱车几十里，走进了骑岸初中，每周两节课，风雨无阻，开启了他的公益支教工作。

一天，郝校长在"金沙风"合唱微信群里发了这样一段文字："温老师，谢谢您的教育情怀，孩子们学得津津有味，老师们听得意犹未尽，校园里十年多没有听到悠扬的钢琴声，今天唱唱画画，是孩子们最幸福的一天！替孩子们谢谢您。"于是，温老师的支教活动迅速地传开了，有音乐老师来询问，也要求参加公益支教活动。

一个人可以走得很快，一群人才能走得更远，温老师决定，成立"金沙风公益支教团队"。这个想法得到了区教体局陈梅副科长的支持，尽管她平时工作非常繁忙，而且离开讲台也有六七年了，她还是第一个报名参加了。紧接着，陆续有多名老师加入，"金沙风公益支教团队"正式成立了。

二、做一名优秀的领头雁，引领好这支公益团队。

组建了公益支教团队，温老师就开始思考如何发展壮大这支队伍，真正地做点实事。

他又先后联系了缺少音乐老师的忠义初中、亭西小学，安排老师送教到校；他研究适合农村初中现阶段学情的教学内容，梳理整个学期的乐理知识点，自编适合农村学校的视唱教材，制定每所学校一学期的课程安排表；他适时开展团队会议，整理会议记录，落实会议精神；他整理团队老师共享的教案，每周撰写一篇支教随笔在团队微信群里分享；他为骑岸初中校歌谱曲，教唱排练，联系录音制作；他组织举办"音为有爱，乐系乡村"的音乐教研活动……

两个学期以来，温老师除了做好自己任教学校的本职工作，几乎夜夜伏案工作到深夜。在组织举办"音为有爱，乐系乡村"的音乐教研活动期间，正好临近学期结束，自己任教的学校日常工作增多，活动方面的事情又特别繁杂，制定方案，校际联系，活动安排，微信推送等，整整一个星期，天天搞到凌晨才休息。虽然很辛苦，但是他没有丝毫懈怠，对方案推敲了又推敲，对有关人员联系了又联系，甚至对最后学做的微信推送文章，反复思考、修改、排版，务求做到精美无误。别人问他："没有报酬，没有名利，这么辛苦图个啥？"他说："做支教，为通州的艺术教育做些实实在在的事情，我内心感到很踏实，比什么都好。"

历时两个学期的金沙风公益支教团队的支教工作得到了接受支教学校的领导和师生的认可，学期结束时，他们发自内心地说："你们是真正地在做支教。"音乐课也给孩子们带来了新的生机和活力。在通州区中小学生经典音乐欣赏征文评奖中，骑岸初中有两名学生获得特等奖。其中有一名学生在文中这样写道："自从支教老师送来了音乐课，我对音乐有了新的认识和追求，送课老师的一颦一笑，音乐课上的歌声和琴声，仿佛就在眼前，有了音乐相伴，我们的生命显得更加高贵而芬芳！"

三、星火燎原，将支教的事业不断发扬光大。

星星之火，可以燎原。从当初的个人背包客到十多人的支教团队，受益学校从一所发展到五所，受益孩子从一百来个发展到五百多个，温老师引领的公益支教活动日益壮大，在通州区教育领域的影响也日益扩大。

原通州区教师进修学校金辉校长这样留言："公益行动令人生敬，穷乡僻壤能否受益？五窑小学不足百人，美美与共心向往之。"当温老师回复"九月份就可以过来"，老校长激动万分，表示愿意出力达成这一美美与共的美事。

亭西小学的黄建华主任这样评价："有一种风叫金沙风，用歌声传递魅力；有一种情叫支教情，以真诚助力农家娃成长；有一种爱叫公益，用行动诠释新文明时代……"

为了更好地发扬公益支教活动，温老师还与陈梅副科长合作创作了《支教者之歌》，他带着这首歌曲走进了中央电视台，在对话主持人时他这样讲道："……对于作曲写歌，我只能算一个菜鸟，我来北京的目的就是要让更多的人了解我们的事业，让更多的人加入我们这个公益活动中来……都说《汤姆叔叔的小屋》引发了一场美国解放奴隶的南北战争，我希望这首《支教者之歌》也能像比彻·斯特夫人笔下的文字一样影响越来越多的人来做这件意义深远的事情，为实现教育公平，为教育脱贫做出贡献……"

"为什么我的眼里常含着泪水？因为我对这片土地爱得深沉。"温锦新老师，一位平凡的音乐教师，他就是这样深沉地爱着他脚下这片热土，爱着他的音乐教育事业，用汗水、墨水、泪水，追求着他上善若水的支教人生！

期待与母校的合作

我早上起来有翻阅朋友圈的习惯，因为时间关系，一般都是浮光掠影式地粗略浏览一下，偶尔也会点几个赞，很少打开去细看。今晨，我看到有一段标题文字格外抢眼，"艺术学院公益支教项目——音为梦想，乐动遂昌"，是南通大学艺术学院吴蓉院长转发了江苏学习强国平台推送的一篇题为"与青春同行，托起山里孩子的音乐梦"的报道。它讲述了南通大学艺术学院爱心团队的七名师生在浙江丽水遂昌县开启了为期十天的暑期支教之旅，为山里的孩子带去了丰富多彩的音乐课程。

我和吴蓉院长相识在 1996 年，那时我读大二，她刚从南京艺术学院毕业，被分配到南通教育学院工作。说是老师，其实她的年龄和我们差不多，我记得她属虎，长我一岁，我们班还有几个同学年龄比她还大。音乐系本身系小人少，师生之间彼此都非常熟悉，来了一位年轻的刚毕业的老师，自然是和我们打成了一片。吴老师人缘很好，谦逊随和，不摆架子，在声乐艺术追求的道路上也是精益求精，属于那种典型的德艺双馨的楷模，这样的人当选艺术学院的院长自然是众望所归，也是艺术学院之幸事。

多年来，我们一直互留着通信方式，虽平时不常联系，但遇到事情还是非常热心的。记得 2016 年下半年，著名歌唱家张美林大师来南通大学艺术学院讲学，当时我约了我高中时的声乐老师周志军一起去观摩学习，为了避免到时没有座位的尴尬，我在前一天给吴院长微信里留了个言，告知她我要带自己的声乐老师来听讲座，让她想办法安排两个位置。第二天到时，果然如我所料，慕名而来者甚多，报告厅里挤得水泄不通，一个志愿者模样的学生过来问我们叫什么名字，一会儿拿出名单查找了一下，把我们领到第三排中间就座，那是全场观众席中绝对的C位，（一二排坐的是学院领导和各界嘉宾，第三排开始坐专业老师），我回头一望，发现不少声乐界有影响的人士还站在后排的过道里，这弄得一向低调的周老师如坐针毡，觉得很不好意思。

真正的友谊是不需要刻意地去维持的，而在于彼此铭记，在于对方有困难时尽力相助。正如贝多芬所说，友谊的基础是在于两个人的灵魂和心肠有着最大的相似。应该说，在公益支教上，我和吴院长的想法是相似的。

这一次，我通过微信圈了解了他们的活动。我就在思考：能不能和他们联起手来？于是，我在报道下面留言：我们金沙风公益支教团队愿意与母校学弟学妹联手做公益支教。不一会儿，我看到吴院长给我回复，表示愿意合作。我立刻单独给她留了几段语音留言，首先肯定了艺术学院师生的行动，然后介绍了我们这支团队的情况，并把我们6月份的活动推送文章转发给了她，分析了如果双方合作会带来双赢，具体工作思路如下：南通大学艺术学院可以派出学生参加我们的支教活动，在活动初期，我们团队派出最有经验的老师跟踪指导，他们有娴熟的专业技能，我们有丰富的上课经验，这样就能形成一个互补。尤其是对于即将毕业的音乐师范生来说，这是一个很好的到一线课堂实习锻炼的机会，能为他们将来应聘、面试、就业打下良好的基础。同时，他们又壮大了我们的支教队伍，能把公益支教事业不断地向纵深推进。吴院长非常赞同我的想法，表示目前合作还是有些困难，主要表现在：第一，学校有规定，在校生不许离开校园。第二，本科生周一到周五的课都是安排得满满的，高校的课表改动比较困难，需要下学期学院领导班子讨论才能批准通过。第三，今年的实习计划已经安排好了，地方教育主管部门考虑到路途问题，主要安排在市区学校，如果要到边远的农村学校，遥远的路途对于不会驾驶的大学生来说也会有些不便……最后，我们经过商量，认为最好还是利用下次本科生实习的这段时间，让他们明年多争取些来通州实习的名额，这样一来，我们的合作就有望成为现实。

期待母校的学弟学妹的青春与我们的乡村公益支教同行！

走进五窑小学

暑假倏忽而逝，新学期我们的支教团队迎来了新的气象。由于我们的主动"出击"，支教的学校数量扩大为六所，将五窑小学、五总小学、五甲小学、庆丰小学纳入我们的支教范围，因骑岸初中调来了专职音乐老师，历时一年的骑岸初中支教的活动暂告一个段落。支教团队的队伍也越来越壮大，由上学期的十人增加到了十八人。接受支教的学校多了，支教的队伍大了，我也倍感肩上的责任重大。怎样合理地安排好六所学校的教学也是一个不小的考验。为了更深入地了解各所学校的实际情况，更好地组织这一工作，在安排课务时，我力争每所学校都去一到两次。为了兑现暑期里对金辉老校长的诺言，开学第一周，我决定先到五窑小学。

我驱车四十多公里，一路上还算顺利，当汽车从高架桥下来驶入金庄育才路，只见路的两侧排列着别墅式的楼房，只是路上少了些行人，显得有些冷清，周围的村庄似乎也很安静，偶尔有老人行走在房前屋后。9月的晴天，青黄的稻穗晃动着初秋的美丽，澄清的河水，瓦蓝的天空，灿烂的阳光，宁静的村庄，还有即将看到的那些盼望着上音乐课的孩子，一切都是那么令人神往。

吴亚楠校长和金辉校长早早地等在了办公室，见我到来，又是倒水又是拿烟。谈到学校的规模和发展时，两位校长显出一脸的无助与无奈。现在，学校每个年级一个班，六个班加起来不足百人。其实，这不只是五窑小学一所学校面临的窘境，几乎每所我们支教的学校都面临着生源萎缩的情况，学校里少了孩子，就像竹林中少了鸟儿，失去了原有的生机。

五窑小学

五窑人杰地灵，其实对于这个地名我并不陌生，20世纪90年代我在石港读高中时，同桌就是五窑人，全班有十多个同学是五窑人，我们宿舍里近一半是五窑人，不仅如此，五门主科老师中，教历史兼班主任的王进兵老师，教数学的陈志梅老师和教作文的曹华校长都是五窑人。因此，我对五窑的方言口音、生活习惯、饮食爱好和风土人情都有一些了解，甚至生活在这样的一个集体中时间长了口音有时也被带偏了,偶尔回到家中还不时地冒出一句不合时宜的五窑卷舌方言,自然少不了尴尬。在我的印象中,五窑方向过来的同学在求学时普遍都能吃苦,有出息的自然很多,我区教体局丁华局长就是地地道道的五窑人。顺便介绍一下,本书封面的墨宝就是我的高中同窗好友朱雪峰友情书写的,他也是五窑人。

吴校长很热情,再三邀请我中午去镇上的饭店用餐。我告知他不需要,因为我本身就是做公益支教的,不能第一次来就带头开一个不好的先例。一旁的金校长显得有些着急,拍着胸脯说:"温老师,我代表五窑的父老乡亲感谢你们'金沙风'的这一帮扶活动,你不要有顾虑,这顿饭我私人出钱请,和学校没有关系。"为了树立金沙风支教团队的良好形象,我还是婉言谢绝了金校长的好意。

我第一次走进亭西小学,遇到有一个班只有15个孩子时,感到不可思议。今天当上课铃敲响,只有11个孩子在班主任的带领下排着整齐的队伍走进了教室,从这些淳朴的小脸蛋上可以感受到他们对音乐课的渴望。习惯了中学里五六十个学生一个班级的我第一次见到缩在教室中间的那一堆孩子,心中升起一阵莫名的惆怅。

这一节的授课内容是歌曲《少年,少年,祖国的春天》,这首歌曲诞生于20世纪,时值我国各地农村教育蓬勃发展,歌词中把少年比作"春天的花朵、婉转的百灵鸟、天上的星星……"如今对于乡村学校来说,花朵已是寥寥可数,鸟儿的歌唱也是了无生气,星星更是寥落……乡村的学校,几十年前这里曾经是农村人文明的光源,如今路的在何方?这不得不让人深思!

人往高处走，向往好的学习、工作和生活条件是人之常情，然而，总有那么一群守望者，他们对乡村有着难以割舍的情怀，怀着对党和人民教育事业忠诚的信念，托举着乡村孩子的梦想。第二节课结束后，五年级班主任殷玉兰老师要加我为微信好友，后来我得知她原是石港小学的老师，正是因为这里师资力量不足而过来支教的。第三节课，我遇到了原来在市中陪读时认识的费老师，多年来他和妻子金老师一直坚守在这所学校。在等待学生用餐的时间，我和吴校长正在聊学校的近况，只见一个六七岁的小女孩端着一碗汤，估计是盛得太满，行走困难，吴校长发现后一个箭步跨过去，小心翼翼地拿下小女孩的汤碗，帮她端到了用餐的位置上……

　　守望，就是看守瞭望。而我觉得对于乡村学校的老师来说，守望就是默默地守护在那里并播种希望！一张讲台，一块黑板，一支粉笔，把乡村孩子的心里照得亮堂堂。

接受表彰

9月8日，我接到南通市教育局刘卫峰主任的电话，通知我教师节这天到南通市政务中心参加市里组织的表彰大会。刘主任语气谦和，在电话里询问了我们支教的事迹，给予了充分的肯定和表扬。放下电话后，我内心的喜悦与激动难以言表，毕竟经过了层层选拔，一路过关，经过了这么长时间的翘首期盼，终于迎来了满心欢喜的收获。

10日清晨，明媚的阳光透过五彩的云霞，路上清脆的汽车鸣笛此起彼伏，我打开车窗，仿佛空气中也飘荡着兴奋的气息。抵达市政务中心时，早已有很多受表彰的老师等候在这里，今天对于每一位受表彰的老师来说都是从教生涯中的高光时刻。工作人员过来询问我的姓名，发给我一朵鲜艳的大红花、一本大红的荣誉证书和一件精美大气的水晶奖杯。我看到不少老师在表彰墙下拍照留念，于是也抓住机会请现场等待拍合影的专业摄影师用手机给我拍了几张胸戴大红花的照片。

9点20分，南通市委领导班子抵达会场，与所有受表彰的老师拍照留念。9点30分表彰大会正式开始，会议由市长王晖主持，市委书记徐惠民做了重要讲话，主要表彰了海安市宁蒗支教团队的事迹。这是一支光荣的支教团队，从1988年开始，先后有十批共二百一十三名海安老师跨越千山万水，到云南丽江市宁蒗县扶贫支教，谱写了一曲扶志扶智、民族团结的赞歌。

会议进程中，海安宁蒗支教团队老中青三代支教老师事迹报告更是感人肺腑。以刘卫琴为代表的第一批支教老师，当年他们带着对"诗与远方"的憧憬，跋涉七天七夜，辗转八千公里，来到了小凉山，一待就是五年，把自己最宝贵的年华留在了大山深处的宁蒗民族中学。以李中东为代表的第八、第九批支教老师，他们秉承扶智先扶志的理念，以宁蒗一中为中心，把先进的教育理念和教育思想不断向周边的乡镇学校辐射，让宁蒗县的整体教育水平在丽江市遥遥领先。以陶长江为代表的第十批支教老师，以爱心、耐心、诚心换取学生的真心，用微笑、陪伴、关怀换取学生的信任。支教老师在简陋的帐篷里完成了高三高一的教学，在今年高考中取得两个学子考入北大一个学子考入清华的骄人成绩。表彰大会组委会还特别邀请了十几年前宁蒗民族中学毕业的学生代表发言，他们一家弟兄三人都是因为遇上了海安来的支教老师而考上了重点大学，改变了一家的命运。他追忆着他的孙老师、汪老师，充满真情实感的故事让每一位参会者潸然泪下。最后，我们倾听了如皋融媒体中心的缪凡女士给大家带来的新闻故事——《托起小凉山的太阳》，故事中的每一个人物都让人肃然起敬，有为了到另一所更偏僻的学校上课，在路上遇到山崖塌方，汽车无法行驶后徒步四小时在当晚十一点赶到目的地的周广平老师；有在支教十年中，母亲、父亲、岳父去世时都没能见到最后一面的华伍中老师；有为了接过海安老师支教接力棒，为了让更多的山里孩子走出大山把自己五年的青春留在了拉萨的宁蒗老师胡正斌……和故事中的人物经历过的艰辛相比，我们金沙风公益支教团队所做的实在是算不了什么，我们要走的路还很长。

能有这样的机会来参加会议是荣幸的，不只是为了个人的点滴荣誉，更重要的是我零距离地接触了海安宁蒗支教团队这样一群默默无闻、甘于奉献的老师，他们坚守教育的初心与使命，坚定教育的理想与信念，大爱无疆，兼济天下，他们是我们金沙风公益支教团队永远学习的榜样。

上午会议结束，下午参加庆祝教师节的文艺演出彩排，演出结束回到家中已经是晚上十点半了。忙碌了一天后，我忍不住把胸戴大红花的照片发到我们三口之家的群里，妻子和女儿开玩笑说有点农村青年参军入伍的味道，言者无意，不过仔细想想，两者却有着内在的相似性。都知道参军入伍胸戴红花的光荣时刻是短暂的，新兵入伍后很快就会投身到火热的训练中，因为军人的使命是保家卫国，操练、射击、拼杀……才是军旅生活的本色。同样，因"感动南通教育人物提名奖"的嘉奖而胸戴大红花的时刻也是短暂的，老师的使命是教书育人，公益支教的本色是备课、练琴、制作课件、往返于城乡学校之间……

被评为"感动南通教育人物"

感恩节

周三下午三点多钟,我收到陈小燕老师发来的信息,说这周时间安排不开,支教课要暂停一周。现在想派其他老师去时间太急了,如果因为我们工作没有对接好而随意停掉一次课,就开了一个很不好的先例,只能由我去上课。我不由得想起了"轿夫湿鞋"的故事。传说有一个轿夫穿了一双新鞋,进城时遇雨,轿夫开始时怕弄脏了鞋便"择地而行",挑着干净的路面走,但进城后泥泞渐多,轿夫一不小心,就踩进泥水里,此后便无所顾忌地踩下去。其实,任何事情都是一个渐进的、逐步发展的过程。很多人在做事开始时"意志坚定",后来因为不慎湿了"第一脚",就发展到"湿了整双鞋"。支教活动决不能重蹈那位轿夫的覆辙。

我从石港中学下班回家,匆匆忙忙用完晚餐已经是晚上七点半钟。小学的音乐课对于我来是全新的,没有任何老本可吃。我马不停蹄地准备教案,收集整理音响资料……整整四个小时,到晚上十一点半,我把两份教案上传到了工作群里,如释重负,顿觉一身轻松。

周四清晨,我开车穿行在雨中,一路上,树木、路灯杆、田野……全笼罩在一片茫茫的烟雨之中,微风吹过,蒙蒙的雨丝似漫天的轻纱在空中飞舞,我的心情也似这自由快乐的雨丝般兴奋着。经历半个小时的车程,很快我就抵达了这所被绿色田野环抱的农村小学。

我无意间拿出手机看时间,看见主屏幕上"今天感恩节"五个字,虽然我自认为还算是一个重感情、懂感恩的人,但是脑海中对西方的感恩节丝毫没有什么概念,要不是手机上显示,我压根不会想到这个节日。不过,今天亭西小学的孩子们的表现倒是确确实实让我体验了一把这感恩的节日。第二节课上课铃敲响后,五年级班主任带领一位打扮得很漂亮的小姑娘走进教室,给我献上了一束艳丽的鲜花,代表五年级全体学生感谢我从很远的地方赶过来给他们上音乐课,并且邀请我合影留念。记得几年前读过雅斯贝尔斯写的一本书叫《什么是教育?》,恕我愚钝,翻阅了数遍,最终也没有弄明白他说的什么是教育,而就在这一刻我顿悟了,什么是教育?其实很简单,教育其实就是教会孩子懂得爱与被爱。

感恩节

每一个人都有热爱音乐的权利

歌剧作家威尔第说过:"音乐是属于群众的,人人有份的。"第一次去庆丰小学支教,让我领略到这句话的现实含义。

因为是第一次,我比上课时间提前了一个小时到达,和季校长攀谈了一会儿,了解到庆丰小学在之前有过专职的音乐老师,只是后来被调动到了实验小学,再后来被调到了南通某学校。和先前很多村小不一样,庆丰小学的钢琴音没有多少偏差,音乐教室的乐器橱柜中各种课堂需要用到的打击乐器也有不少。因为时间还早,我就想着抓紧时间再练会儿伴奏。十来分钟后,季校长带着一个小伙子走了进来,让他把音乐教室墙壁瓷砖上的斑点擦干净。

这个小伙子干活很利索,但是一只眼睛失明了。干完活后,我们闲聊起来,他告诉我他也很喜欢唱歌,还问我会不会弹张茜的《桥边姑娘》。说来也巧,我正好在"全民K歌"上练过几次,大致旋律还是有些印象的,很快他就跟着我的琴声唱了起来。他的乐感很好,那种对音乐投入的劲头让我想起了非洲人的一句谚语,"你们是在演绎音乐,而我们就是音乐",演唱时整个人忘掉外部的一切,全身心地融入了音乐中,唱完了他把手机收藏的"全民K歌"打开给我看,满脸骄傲地告诉我他唱的很多歌曲得分很高,有些歌曲他还是朋友圈的擂主。他说小时候他特别喜欢唱歌，渴望上音乐课，可是那个年代没有专职音乐老师，自然音乐课也很难正常开设，很多歌曲他都是跟着广播和电视学会的，身体的残疾丝毫没有影响他对音乐的热爱和对生活的热情。这让我想起了有人曾这样评价著名作家史铁生："他用残缺的身体，说出了最为健全的思想，他体验到的是生命的苦难，表达出的却是存在的明朗和欢乐。"听着小伙子的经历，我想，如果他上学时能遇到一位好的音乐老师，他在热爱和追求音乐的道路上可能会走得更远些，甚至有可能人生的道路也会发生改变，这让我更加清醒地认识到自己目前从事的工作的价值和意义。唯有上好每一节音乐课，尽最大努力做好乡村音乐支教，才能让千千万万像他那样的农村孩子多享受一些音乐的阳光与雨露。

永不放弃，总有希望在前面等待

"永不放弃，总有希望在前面等待"，这是电影《放牛班的春天》里的一句经典台词，这部电影讲述了音乐老师马修用音乐改变了一群被大人遗弃的野孩子的命运的故事。今天来庆丰小学支教，我也遇到一名"池塘底"的男孩，我们姑且叫他小杨同学吧。

上课预备铃响了，孩子们都来到了音乐教室，因为条件限制，两个班要拼成一个班上课。一名穿着黑色条纹夹克的男孩凑到我的跟前说："老师，我最喜欢乡下死了人时吹唢呐的声音。"说着，有模有样地模仿了起来。"老师，你不要听他的。"一个文静的女生好意地提醒我。不一会儿，小杨同学自己打开教室后面的乐器橱柜，从里面拿了一个鼓槌模仿打鼓的动作："老师，我可喜欢打鼓了，你看我打得像不像？"直觉告诉我，这可能是一个上课好动不安分的学生，调皮到了这个程度，估计批评与威吓对他已经没有作用了，我琢磨着采取怀柔的策略试试。我单独把他喊到跟前，跟他说："你不是喜欢打鼓吗？今天这堂课就有打鼓的环节，你好好听课，到了打鼓的时候，我喊你出来给大家表演好不好？"他高兴地满口答应了。事实证明，我的判断非常准确，小杨同学确实是一个自控能力很糟糕的学生，上课不到五分钟，就开始我行我素了，我提醒了他，好了几分钟，老毛病又犯了，在座位上一会儿坐坐，一会儿站起来打开橱柜拨弄拨弄小乐器，丝毫不受课堂纪律的约束，但从他的举动中可以看出，虽然他目无课堂纪律，却对橱窗里的乐器充满了好奇，看来我的怀柔策略起到了一些效果。到了小组乐器演奏这一环节，他不等我喊就带着铃鼓走到教室前面，自以为是地敲了起来，我提醒他要按照黑板上的节奏来敲击，耐心地纠正了几次之后终于敲对了，我带头给他鼓了掌，他带着满脸骄傲回到了自己的位置上……

　　回家后，我思绪万千，是什么原因让他上课时如此不受约束，我行我素？我在网络上查找了相关的资料，一个名词跃然于眼前——"多动症"。该病表现出来的主要特征是：1. 往往想到什么就做什么。2. 过于频繁地从一种活动转移到另一种活动。3. 不能有条不紊地做事情。4. 需要他人予以督促照料。5. 常在教室里突然大声叫喊。6. 在游戏或集体活动中不能耐心地等待轮换。结尾有一句："多动症患儿都具有独特的个性和潜能，家长应该有的放矢地加以鼓励，从而放大优点，消弭缺点。"前面六点特征对照小杨同学，几乎全部吻合，可我们做老师和家长的却忽略了最后一句话。其实，正如《放牛班的春天》的另一句台词所说："每一颗心都需要爱，需要温柔，需要宽容，需要理解，每一个孩子都是来自纯净无邪的地方，永远都应该是人间万分疼惜的珍宝。"

牛年贺词

"韶光开令序,淑气动芳年。"在这庚子年与辛丑年交替之际,我们一起回望公益支教一年来走过的串串足迹,满怀信心展望来年的美好蓝图。

5月是万物生长的季节,我们支教的范围开始由初中延伸到了小学。亭西小学这个通州区唯一的村小办学点被纳入了我们支教对象的范围,此后每到周四上午,这所被绿色田野环抱的农村小学都能听到孩子们欢快的歌声。

为了更高质量地服务于农村学校的音乐教育,我们研讨了支教过程中如何把常态课落到实处。6月18日我们组织了一次意义深远的教学研讨活动。根据要求,我们设了三个分会场,共9位支教老师执教了公开课。下午,三路人马"会师"主会场亭西小学,区教体局葛红玲副局长在百忙之中拨冗前来做了热情洋溢的致辞,区教体局基教科陈梅副科长全程主持了会议,区教师发展中心李平娟老师对新常态课做了深刻的解读,七十多位乡村老师撰写了听课感想,通州电视台进行了现场采访和跟踪报道。会议结束后,三所接受支教的学校和我们团队自己的公众号分别进行了推送报道,从很多留言中可以看出,我们这次活动受到了社会的高度关注和认可。"音为有爱,乐系乡村"教学研讨活动为三所接受支教的学校的学生带来了一场音乐的饕餮盛宴,这也是中小学开展教学研究活动的一次有益的尝试。

暑假期间，又有9名音乐老师加入我们的团队，队伍在不断扩大，接受支教的学校也在不断增多。下学期开学后，先后有五窑小学、五总小学、五甲小学、庆丰小学成为我们的支教对象。今年下半学期，我们共送教187课，确保了支教学校中初中每周一节音乐课，小学五六年级每周一节音乐课，基本上实现了全区的无盲点覆盖，艺术教育的普及也走在了南通市的前列。

成绩属于过去，未来任重道远。2021年新学期我们将从以下几个方面入手，绘就我们心中美好的支教蓝图：

一、开学前借助创建"四有好教师团队"的有利形势，吸纳更多的专业音乐老师加入我们的支教大军中来，继续壮大我们的队伍。

二、将支教的年级再向纵深推进。以一两所有硬件设施的学校为试点，把三四年级的音乐课开设起来，并及时吸取教训、总结经验，争取尽快把其他几所学校中低年级的音乐课也开设起来。

三、将支教的形式不断完善。除了要上好音乐课以外，我们还要主动参与学校的校园文化建设。其实，今年团队中吴量老师12月31日参加五甲小学的迎新文艺演出就是一次很好的尝试。今后，我们还要联合学校少先队辅导员，帮助他们把学校的校园文化活动丰富起来，有机会还可以给接受支教的学校其他科目的老师举办艺术欣赏方面的讲座等，引导他们从观念上认识美育教育的重要性。要形成课堂教学、课外活动、教师学习三位一体的渗透和影响，这样美育育人的思想才能真正落到实处。

四、课题引领，促进成长。目前，团队已经正式申报南通市"十四五"课题"基于城乡支教过程中艺术教师角色转化的实践研究"。区教科室还建议我们这支团队要申报"四有好教师优秀团队"项目，来年我们将重点向着这一目标发起冲刺。

五、加大宣传力度，让全社会来了解、支持我们的事业。下学期，我们将增加微信推送的频率和质量，并借助报纸、电台等各种媒体来宣传我们的公益支教事业。

浪奔潮涌向沧海，风吹砂砾始现金。支教团队的老师们，在滚滚的时代洪流中，既然时代把乡村艺术教育的重任交给了我们，做好乡村公益支教就是我们这一代音乐老师对这个时代最好的应答。

一次集体备课上的发言

尊敬的陈梅科长、李老师,还有我们支教团队的老师们:大家中午好!

会前,陈主任吩咐讲话时间不要太长,因为下午还有其他的活动。下面我就围绕五组简单的数据来回顾一下我们一年来的工作。

第一组数据:3和6。2020年上半年,我们服务于3所学校,下半年我们支教的学校扩大到了6所。

第二组数据:9和19。2020年上半年,我们团队有9名支教老师,经过一个学期脚踏实地的苦干,更多的老师看到我们这支团队的前景,暑假后我们的队伍规模扩大到19人。

第三组数据:3和77。2020年6月18日,我们举行了"音为有爱,乐系乡村"的教学研讨活动,我们把活动的地点一拆为三,全区共77位乡村学校义务教育阶段的音乐老师参加了此次活动。

第四组数据:266和6000。2020年,我们公益支教团队一共支教266节音乐课,来回辗转6000多公里。

第五组数据:4和4169。2020年,我们"金沙风"微信公众号一共做了4次微信推送,我昨天晚上统计了一下,4次推送的点击量为4169人次。

凡是过往,皆为序章。2021年我们的团队工作目标如下:

1. 将支教向中低年级推进。目前，这一目标已经开始执行，今天上午五窑、五甲、亭西三所学校的三四年级的支教活动已经顺利展开。

2. 今年六一儿童节，我们要协助部分学校将庆六一的活动搞得丰富多彩。开学前，亭西小学的李校长已经跟我谈到此事，到时大家要齐心协力帮助他们把六一晚会的质量提高。

3. 继续办好"音为有爱，乐系乡村"教学研讨活动，为团队中的青年教师搭建成长平台，让乡村音乐教育的质量更上一层楼。

4. 做好"四有好教师"的申报工作，让支教的老师在这个集体中迅速成长，同时也为进一步壮大支教队伍打好基础。

5. 加大宣传力度，今年我们争取做到十次推送。明天将就今天的会议进行报道，让社会上更多的人关注我们，理解我们，支持我们，让我们的精神感化全区更多的其他学科的老师，希望其他学科的支教团队快速地涌现出来。这样，通州的教育之花才能盛开得更加璀璨夺目！

集体备课上的发言

辐射山东枣庄

《"金沙风"吹号角响,牛年支教自奋蹄》这篇推送文章发出后不久,我发现微信通信录里有人要加我。我一般加好友都非常慎重,再看看留言,写着"我是来自'音为有爱'的褚艳华",好熟悉的名字,赶忙到群里翻看,确实有这位老师,这才通过对方的好友申请。礼貌性地打过招呼之后,褚老师表明要和我以电话的方式谈一谈乡村支教的具体事宜。由于当时家里有客人在,我约了她过两天细谈。

两天后,我想起了和褚老师的约定,在微信里给他留言,表示现在可以交流,不一会儿,褚老师打来了电话。

我在电话中得知,褚老师是山东省枣庄市薛城区音乐教研员,从推送文章中看了我们金沙风公益支教团队的故事后,也想要在薛城区拉起这样一支队伍,于是向我们取经。褚老师仔细询问了队伍的组建、课程的安排、优惠政策的争取……不知不觉中一个多小时就过去了。晚上,我把支教的课表、倡议书、会议记录以及部分支教的日记发给了褚老师,希望在革命老区山东枣庄能迅速出现一支像我们这样的支教队伍。

我在4月14日看到褚老师转发了一个名为"萍语悠悠"公众号推送的题为"柳色花容正春风,相约兴城情谊浓"的报道。该报道介绍了枣庄市中小学音乐学科中心团队开展联合送教活动。推送文章的开篇这样写道:"在这'人间四月芳菲尽，山寺桃花始盛开'的美丽四月，在这'留连戏蝶时时舞，自在娇莺恰恰啼'的迷人四月，为实现教育资源共享，充分发挥音乐学科中心团队骨干教师的专业引领和辐射作用，4月13日在市教科院程雪迎老师、区教研室褚艳华老师的组织带领下，小学组刘萍、王丽、周欣，初中组王立静、程丽明、潘红老师到兴城区中心小学针对竖笛教学开展送课活动。"如果说这是一次开展公益支教前的热身运动，那么4月23日褚老师的朋友圈转发的题为"薛城区'强课提质'暨'美遇音乐'公益支教启动仪式"一文则叙述了山东枣庄市中小学音乐学科中心团队正式拉开了公益支教的序幕。同为公益支教，褚老师在借鉴我们经验的基础上又大胆进行了创新，结合自身的条件，充分发挥了枣庄市中小学音乐学科中心团队的优势。相信在不久的将来，一场轰轰烈烈的"美遇乡村"支教活动必将在齐鲁大地上开展得如火如荼。

踩点西亭初中

几个星期前，西亭初中的罗老师发来求助信息，说她5月份要开始请产假，因为学校里就她一位音乐老师，没有人来代替她上音乐课，希望能够得到金沙风公益支教团队的帮助。尽管今年上半年各种活动较多，团队里很多老师都是身兼数职，平时非常辛苦，很难再抽出人员去支援，但是收到罗老师发来的求助信息后，我还是果断地答应了。罗娜老师是湖南人，来自青山绿水的她身体内外散发着大自然特有的灵秀之气，吃着红辣椒长大的她骨子里又多少有些辣妹子的直爽性情，工作中她毫不掩饰自己的想法，敢想敢说。作为一名年轻的音乐老师，她酷爱学习、乐于奉献，除了上音乐课，平时还负责学校的共青团工作，曾获得过"通州区优秀团干部""南通市新长征突击手"等荣誉称号。她是最早加入我们团队的成员之一。慕容雪村说过："为众人抱薪者，不可使其冻毙于风雪。"罗老师所在的学校有难相求，金沙风公益支教团队再难也要相助。

答应了之后，我一直在为派谁去而苦恼，即使两个班合在一起上课，至少也要抽出两位老师，除了我自己，还要落实一位。我突然想起育才初中的曹老师春节期间提起过等基本功比赛结束后想要加入我们团队的事，于是连忙联系曹鸿光老师，说明情况，她欣然应允。为了无缝衔接好，我还是决定先去踩个点。

　　我和西亭初中朱建校长之间其实并不陌生,因为前一段时间他的人事编制关系一直在我们学校,准确地说,我们应该算是同事。这几年,我听说他在西亭干得风生水起,特别是葫芦文化搞得有声有色,今日第一次接触,果然是一位干练的校长。走进西亭初中的校门,校园保安严格按照规章办事,先量体温,再打电话联系,电话接通了又让我在来访记录本上登记,等我写完了信息后一抬头,朱校长的人已经站在眼前了。朱校长边走边口若悬河地向我介绍学校的历史。

西亭初中

　　近代,西亭曾经走出两位著名的教育家,一位是著名华侨教育家李春鸣,另一位是清末状元、著名实业家和教育家张謇。李春鸣出生在西亭镇的一个书香门第,以优异的成绩毕业于南京国立高等学校,曾在江苏省第七中学(今南通中学)任教。经当时教育界名人黄炎培推荐,李春鸣追随陈嘉庚在南洋开办华文学校。1939年，他在印尼雅加达创立中华中学，当时被誉为远东地区最大的一所中学，培养了数以万计的华侨子弟，不少人学成后回到祖国，为国家做出了杰出的贡献。获悉新中国成立，李春鸣连夜在学校的楼顶上升起了东南亚的第一面五星红旗。另一位从西亭走出的风云人物就是大家熟悉的张謇，张謇出生在海门常乐镇，从小表现出了极高的读书天赋，十一岁家中请西亭名士宋蓬山来家中授课，学业大有长进。宋蓬山去世后，张家便让张謇"宿膳"于西亭，师从宋蓬山的侄子宋紫卿，从此张謇在西亭度过了五年的求学生涯。成名后的张謇曾经作诗《经通州西亭杂感四首》："桥南大宅旧名庄，廿五年前杜牧狂……"回忆过这段难忘的时光。张謇暮年还作诗《西亭东桥铭》以记叙其三兄张詧捐资修建西亭东桥一事并刻成石碑镶嵌于东桥之上。1958年东桥被拆，石碑被供销社工作人员抬去，成了做西亭脆饼时掼糖用的平台，后来被专家发现，现藏于西亭初中。

　　听着故事，不知不觉地已经走到了教学楼，只见一张展板上贴着不少学生作文。朱校长介绍说，他喜欢把几件事情合在一起做，这是一次以心理健康为主题的获奖征文，既是心理健康教育，又是作文竞赛，学生隽秀的钢笔字乍一看像是书法展览，一举三得，令人佩服。交谈间，我们来到音乐教室，考虑到原来用的座椅之间间隔太大，教室可能容不下两个班，我建议将座椅改成小方凳，朱校长立马吩咐，迅速换掉。原来准备做第二间临时音乐教室的地理教室地面有很多连接的线路，从安全角度来考虑觉得不妥，朱校长当机立断，决定把学校的会议室腾出来。来到会议室，为了挪出一块放钢琴的地方，两位校长立马又当起了勤杂工，把几张会议桌凳重新进行了摆放。

场地布置完毕后,我联系了搬琴公司并和钢琴调律师谈好价格,就这样不到半个小时的时间,所有的前期准备工作全部落实到位。

考虑到曹老师参加的基本功比赛可能与这次西亭初中支教在时间上有所冲突,下午我又联系了已经在五窑小学完成了半学期支教任务的平潮高级中学的尹林飞老师,让她先顶两周,尹老师二话没说,一口答应。

"同舟共济扬帆起,乘风破浪万里航。"拥有一群能够同舟共济的队友是多么幸运与幸福的事!

满心期待着5月份第一个周四的到来。

忠义初中，难说再见

这学期支教学校增多，为了了解每所学校的实际情况，我每周去一所不同的学校，今天是本学期的第六次支教活动，根据支教课表安排，我应该到忠义初中。

农历八月的天气，阳光映照着雪白的云朵，在田野上滚动着，抚摸着收获的喜悦，公路两旁的桦树叶不时地舞动着婀娜的身姿翩翩而下，用最优美的舞姿向大树做最后告别。走进校园，感觉人气比去年冷清了许多。忠义初中这学期停止了初一年级的招生，只剩一个初二和一个初三班级。今天我上课的内容是八年级上册的《香格里拉并不遥远》，学生们唱得格外认真。第四节课结束后，我在学校食堂用完午餐准备回家，在楼梯边碰到一个初二年级的女生，因为她块头儿大，上课时却总是坐在前排，所以我对她有些印象。见我过来，这个女生主动跟我打招呼："温老师，下周再见！"面对学生真诚的问候，我心里倒有些愧疚起来，因为事实上下周我们无法再见，本学期主要安排吴量、黄艳、邢雪梅三位老师轮流来忠义初中支教，而我和他们，不仅下周不能再见，根据教学计划这学期都没有机会再见。我怕她失望，委婉地说了一句："下周由黄老师过来上。"本以为已经搪塞过去了，没想到她又来了一句："那老师我们下下周再见。"我显得有些尴尬，没有办法，老师总不能欺骗学生，只能实话实说："下下周由吴老师过来。"

为了避免"老师我们下下下周再见"的尴尬，我又及时补充了一句："她们都是我们通州最优秀的音乐老师，今年的音乐课主要由她们来给你们上。"

我在回家的路上，难免有几分伤感，不由得想起青年时代读过的汪国真的那句诗："尽管人生告别是寻常事，真正要告别时，却难说再见。"忠义初中是我们公益支教团队支教的第二所学校，去年一年的时间主要是由我负责来这里支教的，一幕幕情景就像电影里的画面一样不停地在我脑海中闪现。难忘一年前也是这个时间段，我单身一人背着一只小音箱来到这所学校，导航带我跑错了方向，汽车被挡在校园东边的丁字路口；难忘为了扩充支教团队的力量，我写了一篇《去忠义，尽一名音乐老师的责任》的支教感想并想办法在"音为有爱"的公众平台上推送过；难忘去忠义初中支教的道路上，当汽车穿过绿树成荫的公路时，我有了创作冲动，最终抓住灵感谱曲了《支教者之歌》，后来带着这首作品走进北京；难忘去年 6 月 18 日，在"音为有爱，乐系乡村"的活动中，我在这里执教了一节公开课《生死不离》，为了寻找新的创意，我结合相关背景创编了歌词，给歌曲赋予了时代的内涵……当然，也许再写一百个难忘也无法穷尽我对这片曾经耕耘的热土的眷恋，一年的忠义初中的支教经历将成为我生命中一道亮丽的风景，一段难忘的记忆。

或许世界就是这样，相遇总是伴随着离别，无数次相遇与离别组成了我们的人生。忠义初中，本来应该和我没什么关系，因为公益支教，它慢慢地走进了我的世界，融进我生命的历程。孩子，相信我们总能再见！相信正如歌曲《难说再见》唱的这样："无论有多远，无论有多久，只要真情在，总能再相见！"

准备一节公开课

闻着栀子花的清香,我们迎来了炎热的夏天,如同这一年一度季节的更替,我们开始准备第二届"音为有爱,乐系乡村"活动。关于今年的活动,我一直在思考怎么安排。如果二十一个支教老师都要上的话,支教学校的规模小,也没有这么多的班级,还是先征求征求大家的意见吧。我把活动的通知通过群文件发布在工作群里,报名的情况没有预想的那么乐观。主要因为今年是建党一百周年,七一前各单位的庆祝活动也比较多,不少老师有很多任务缠身,没有精力兼顾。既然参加的人数这么少,自己肯定要带头参加。到报名截止日期,有五位老师报名,连我共六位。为了让教学的覆盖面广些,我规定每一个人从小学三、四、五、六年级以及初一、初二年级中任选一课,五位老师相继选好,留下一个五年级的空缺由我来填补。按照教学计划的进度,五年级应该要教到《斑鸠调》了,就选它吧。这是一首江西民歌,从谱面上看,旋律相同和相似的地方很多,所以在学唱歌谱时,我设计了比较旋律的环节。正好我最近在读北京市田雨老师的《音乐带我去旅行》一书,现学现卖,融入了一些匈牙利音乐教育家佐尔丹·柯达伊的节奏读谱法。在教唱歌词部分,对衬词进行了复习与分析,还对歌词进行了创编。在拓展部分,刚开始时我准备用江西民歌《十送红军》,但总感觉两首歌曲落差太大,有些牵强。后来,我正好与实验小学孙红霞老师一起去五甲支教,我把我的备课思路讲给她听,她的想法是与我一致的,既然这样,我料想听课的老师也会有同样的感受,这一处一定要改掉。回来后,我找了很多视频资料,最后决定选一首合唱版本的《斑鸠调》,这样我们就可以从音乐的多种要素上进行分析拓展。后来实践也证明这一处的调整是正确的。

附教案:

《斑鸠调》教学设计

一、教学目的

1. 情感态度价值观:感受江西民歌的音乐风格,走近并亲近民歌。

2. 过程与方法:运用对比法分析歌曲的旋律、歌词,通过身体的律动,感受歌曲欢快的节奏。

3. 知识与技能:了解歌曲旋律重复与变化的特点,接触节奏读谱,学会简单的身体姿势动作,体验歌词创编的乐趣。

二、教学过程

1. 导入:播放视频

老师模仿"咕咕咕咕"提问:有哪个小朋友知道这是一只什么鸟在叫?这种鸟农村里的人常称它为"野鸽子",它的正式学名叫作"斑鸠"。今天我们就来学唱一首歌曲《斑鸠调》。

2. 聆听歌曲

说说这首歌曲表达了怎样的情绪。

归纳:这是一首旋律非常跳跃欢快的江西民歌。

3. 分析歌谱

（1）老师把歌曲旋律分为三部分——蓝、红、绿，观察对比一下，它们的旋律有着怎样的关系？

（2）归纳：蓝色部分与红色部分前面都相同，结尾不同，叫"同头异尾"。蓝色部分和绿色部分开头有点不同，后面完全一样，叫"异头同尾"。歌曲旋律中常常运用这种重复与变化的手法，使得旋律既富有变化，又容易记住，易于传唱。老师已把不同的部分标注了出来，我们只要学会这些部分，就会唱整首歌曲了。

4. 学唱歌谱

（1）节奏读谱。

学唱歌谱之前，我们一起来读一读歌谱的节奏，板书：一个四分音符对应一个 x 读成 Ta，一个八分音符对应一个 x 下加一横读成 ti，一个十六分音符对应一个 X 下加两横读成 li，一个二分音符对应一个 X 后加一横，读成 ta-a。对照第一小节，老师带领学生读。对照第二小节，把第二拍读成 ta。出示第三小节，这是一个切分节奏，跟着老师读。第四小节很简单，第一拍读成两个 titi 即可。第五小节已经学过。第六小节是小附点节奏，跟着老师读。后边的大家一起来读，最后展示所有节奏谱，一起读几遍。

（2）填上音符，跟人、跟琴反复学唱。完整地演唱一首歌曲的乐谱。

（3）发现下滑音。同学们，在歌唱整首乐谱的同时，我们发现有多处音符右上方加了一个向下的箭头，有谁知道是哪一种音乐记号吗？怎么去唱？老师示范两句没有下滑音记号和有下滑音记号的唱法，介绍下滑音，就是像一块石子扔向地面的感觉,要求学生用手模仿扔东西体验下滑音的唱法。

演唱整首歌曲的乐谱,注意下滑音的表现。

5. 学唱歌词

(1) 用啦模唱。

(2) 直接填词歌唱,纠正错误。

我们发现《斑鸠调》的歌词中有很多是加了括号的,还记得这些歌词叫什么吗?还记不记得本学期我们学过的哪首歌曲中还出现过?它们有什么作用?

衬词,(《拔根芦柴花》,课本第33页。哼唱几句)

如果我们把衬词去掉,再唱出来,听觉上有什么变化?老师演唱《斑鸠调》和第一段,运用去掉衬词和加上衬词的方法,比较有什么不一样。

归纳:使得民歌的地域风味更浓了。

(3) 注意衬词风格的表现,完整有感情地演唱这首歌曲。

6. 歌词创编

刚才我们演唱了第一段歌词,课本上的第二段歌词有部分是空缺的,那是留给我们发挥自己的想象力,创编我们心中的《斑鸠调》。想象一下,春天里还有哪些动物叫?还有哪些鸟儿叫?都是怎么叫的?还有些什么花儿在开?这些都可以填到歌词中空缺的部分唱起来。把学生讨论的结果板书到黑板上。先跟琴唱一遍,再跟着伴奏把这首歌曲的两段完整地唱一遍。

7. 声势练习

看这些鸟儿叫得多开心,花儿开得多鲜艳,让我们在花香鸟语中动起来。第一段:拍腿。第二段:拍腿、击掌。第三段:拍腿、击掌、捻指、击掌。单独练习几次第三段的动作。为清唱的歌曲加上声势。

8. 拓展聆听

刚才我们学唱了江西民歌《斑鸠调》，我们都知道，民歌是劳动人民在生产劳动中产生的，一般结构短小、朗朗上口。民歌也是艺术创作的源泉，艺术家可以通过对歌曲的节奏、旋律、速度、力度、和声等音乐元素的改变，短小的民歌就会变成脍炙人口的艺术作品。不信我们一起来听一听合唱《斑鸠调》。(老师适当地做一些解说)

9. 课堂小结

民歌是音乐的母亲，也是音乐创作的不竭源泉。民歌在哪里呢？其实，民歌就在我们熟悉的田间巷头，就在长辈们劳作时呐喊的号子里，农闲时哼唱的小曲儿里……民歌就在我们的生活中，让我们共同努力，一起把我们民歌的音乐文化传承、发扬下去。

执教《斑鸠调》

挖尽最后一锹土

我一直在思考，今年的活动在去年的基础上应该有所创新，怎样创新呢？我想到了山东的褚老师，记得第一次交谈时，她表示愿意带老师来学习交流，如果她能过来分享交流山东的经验，那自然是再好不过了。于是，我给褚老师留了言："褚老师好，还记得我们的约定吗？6月份我们准备举行第二届'音为有爱，乐系乡村'教学研讨活动，非常欢迎您带领您的团队来参加这次活动。"不一会儿，褚老师在微信里发来语音留言，大致意思是非常想来看看，但因为今年活动特别多，她所带的教师合唱团有两次重大的比赛，一次是枣庄市的，一次是山东省的，可能来不了。于是，我退而求其次，继续留言："实在不能来的话，到时候我们现场连线开视频会议，您主要介绍一下您那边的活动情况，这也是一种理想的远程交流方式。"褚老师当即表示同意，接下来的事情就是调试西亭初中这边会场的设备。当我把这一想法告诉朱校长时，他当即表示全力配合。这些年国家在农村学校的硬件设施配备还是到位的，西亭初中会议室就配有一台希沃一体机，为我们的无线视频通话提供了很好的保障。电教科技日新月异，教育工作者稍一懈怠就会被科技发展的列车甩下。在这个设备上装载软件，我和两位协助老师都是第一次尝试，好在我去之前做了一些功课，在百度里查阅并学习了怎样运用手机投屏软件把手机屏幕连接到希沃一体机上。尽管如此,到了现场,从宽带连接到软件安装,还是折腾了半天,尝试了好几个投屏软件,都是到了最后一步发现画面和声音不能同步,我们急得满头大汗,到了午饭的时间点,还是没有弄好。我想,实在不行的话,只能改用大电视机做屏幕了。我匆匆忙忙在学校食堂里扒了口饭,一起调试的程主任不甘心,建议我们再试一次,结果试了几次还是失败,就在要放弃的一刹那,他突然想到用QQ视频。真是"山重水复疑无路,柳暗花明又一村",费了九牛二虎之力没有做成的事情,最后还是用最传统的方法解决了,希沃一体机里传出了手机的声音,我俩兴奋得欢呼起来!

这件事让我想起了一幅漫画,画面上一个人拿着一把铁锹在挖井,挖了很多个大坑,有几个坑已经快接近水源了,或许再挖几锹就出水了,但是很遗憾,他放弃了,最终得出结论,认为这个地方没有水。很庆幸今天因为有西亭初中的程主任的执着坚持,我们挖完了最后一锹土,终于等到了清凉甘泉喷涌而出。

来自枣庄的声音

计划赶不上变化。原计划把第二届"音为有爱,乐系乡村"活动放在 6 月 17 日,随着今年中考日期的颁布,发现时间上有冲突。于是,时间改到了 6 月 15 日。我马上联系褚老师,告诉她第二届"音为有爱,乐系乡村"活动日期改为 6 月 15 日。因为此时他们正在进行全天候封闭式训练,可能没有时间在线联系了。既然现场视频实现不了,只能退而求其次,先期录一个视频吧,虽然缺少了互动,但是先期录制的视频不受网络信号的影响,可以确保会议中不会出现差错,总比没有要好。褚老师爽快地答应了我的要求,并很快发来了视频文稿,全文如下:

为乡村美育助力,为乡村孩子筑梦

尊敬的葛局长、陈科长、李老师、温老师、金沙风乡村公益支教团队的老师和现场所有致力于乡村音乐教育事业的同人,你们好!

我是褚艳华,来自山东省枣庄市——铁道游击队的故乡,是薛城区教学研究中心音乐教研员。我很高兴通过视频的方式和大家相见。首先,特别感谢郭声健教授创办的"音为有爱",在这里有幸结识了全国各地众多优秀的音乐教育同人。

尤其当我在"音为有爱"里看到了温锦新老师从一位孤独的音乐支教背包客，逐步将支教队伍发展壮大成了江南独树一帜的"金沙风公益支教团队"，并坚持不懈为乡村美育助力，为乡村孩子筑梦的大爱之行，眼前仿佛一亮，心中感到无比温暖和振奋，正所谓大道不孤啊！原来，我怀着的这颗教育的初心梦想以及十年来的乡村美育情结，在一江之隔的通州区竟然有一群怀着实现美育梦想的志同道合者，在与我应和着一个美丽的回响！

众所周知，在我国城乡教育均衡化发展进程中，乡村美育一直处于薄弱环节，有些地方的美育令人担忧。我区农村小学由于长期缺少专业的音乐（美术）师资，大多数村小的孩子们"上不起"音乐（美术）课。如何解决这个教育薄弱现状，破解美育难点、痛点，让乡村校园充满歌声，让乡村孩子和城里孩子一样能够享受音乐，有美感地健康成长？我一直在思考并以自己的方式默默地践行着。

于是，2012—2019年，我个人坚持每周三到村小义务支教，以身示范，边教边研，把音乐的种子与教学研究成果播撒在乡村孩子们的心田里。随着城乡均衡化持续推进，乡村教学多媒体硬件设施实现了"全覆盖"，为了充分发挥教育网络媒体资源的作用，让更多的村小孩子能通过网络看到优质多彩的音乐课，2014—2016年，经过反复调研，集中全区小学音乐教师的智慧力量，开展了薛城区小学音乐精品课程"云录播"系列磨课赛课活动，共录制人音版小学音乐1—6年级唱歌综合课160节。同时，我们强调所有教师要基于《音乐课程标准》理念，依据杜威的"在做中学"，以及"乐者乐也"的教学原则,变"教"为"玩",把握"做中学、学中乐、乐中获"的审美育人理念。我还总结出"动中听、做中唱、舞中演、编中创"的课堂教学模式。经过三年六期"云录播"的磨、研、演、练、录、播,解决了乡村学校师资及教学难题,为孩子们送上丰富优质的"空中课堂",同时也大大提升和锻炼了全区老师们的整体教学水平与综合素养。

今天,在你们金沙风乡村公益支教团队友谊劲风的带动和鼓舞下,乘着我们市、区新课堂达标与"强课提质"行动的东风,发挥全区小、初、高工作室团队资源优势,建立了薛城教育第一支名为"美遇音乐"的乡村公益支教爱心团队,创建了薛城音乐教育公众号——"美遇音乐"自媒体宣传交流平台。

关于公益支教团队组建等方面,特别感动和感谢的是,在与温老师的交流中,温老师爽快地把"金沙风"所有的材料和成功经验毫无保留地分享给我们,同时帮助我们分析,并提出了很多宝贵的意见,最终使《薛城区关于"强课提质"暨"美遇音乐"乡村公益支教系列活动方案》及《薛城区"强课提质"暨"美遇音乐"——乡村公益支教课程总表(2021春季、秋季)》付诸实施。

公益支教带给乡村学校的是一道"爱之光":孩子在成长中学会感受美的光;乡村老师们从支教教师身上看到的是奉献的光和教育理念的光。这道光打开了乡村教育的一扇窗,点亮了孩子们的梦想。

最初,我和温老师约好过来学习观摩,因为两场重大的合唱比赛无力分身,后来约好9号进行现场视频会议,也因为活动时间上的调整而无法兑现，当你们看到这段视频的时候，我们已经进入了全封闭的赛前集中训练。在这里，我遥祝"金沙风"公益支教团队和"美遇音乐"乡村公益支教团队，像一对姐妹花，绽放在长江和运河两岸，在新时代美育公益的大道上阔步向前！愿我们聚情怀、守初心，带着感情与责任做公益，带上幸福与快乐做美育，相信一切美好终将会遇到！

最后，还要衷心祝愿"金沙风"公益支教团队第二届"音为有爱，乐系乡村"研讨活动圆满成功！欢迎"金沙风"公益支教团队"美遇"枣庄薛城——铁道游击队故乡欢迎您！

谢谢大家！再见！

褚艳华老师发言

褚艳华老师在6月13日晚发来了完整的视频，我知道这花了她不少的心血，因为4月份湖南文艺出版社要求我们作者为《音乐教育情书》的发布会录一个视频，不到五百字的讲稿我录了好几遍，而褚老师这篇文稿的字数是我的双倍。我想起了上次厦门一中的好友林严严给我视频配的字幕很好，连忙请教，林老师发来了绘影字幕软件的链接。因为褚老师普通话标准，断句准确，很快字幕配好，我一看时间已经是后半夜了，赶紧休息。

王家小院

第二届"音为有爱,乐系乡村"研讨活动的人数报上来了,不到五十人,这样也给中餐的安排带来了便利。我原来和朱校长预定的方案是,如果报名人数不足五十人,就在西亭街上王家小院饭店用餐;如果超过五十人,学校就出面联系商家,把午餐包给乡村里办红白喜事的一条龙餐饮服务商。现在看来,午餐应该放在王家小院了,为了确保活动万无一失,我还是决定利用端午假期到几个分会场踩个点。

早上七点半,我约了西亭初中负责管理教学的顾斌校长在他办公室面谈。如果说朱校长是那种高瞻远瞩、干事有魄力的校长,那么顾校长是一个凡事都会考虑得十分周全的领导,他把我想到的一一用笔记下,我没有想到的他也替我想到了。比如,印一个会务手册,正面是金沙风公益支教团队的介绍,反面是西亭初中的介绍,中间有听课记录等,这是个对主办方和承办方都有利的好主意,马上得到落实。接着,他带我实地考察了王家小院饭店。据顾校长介绍,饭店的老板自己就是厨师,原来是在通州之外经营餐饮业的,一年下来几十万元的房租去掉后赚不了几个钱,后来索性把家里的自建楼房扩建装修成了现在的饭店,老板自己买菜掌勺,家人打下手端盘子洗碗,蔬菜、鸡蛋等自己家里供应,自给自足,大大降低了运营成本。室内装修干净整洁,操作间的不锈钢餐具擦洗得油光锃亮，一进大门看见的是仿古风的装修，让人仿佛置身于世外桃源。工作餐四百元一桌，八菜一汤还加水果，王老板麻利地给我开了菜单："对虾、丝瓜饼、公鸡烧毛豆、鸦片鱼、土豆红烧肉、炒八爪鱼、清汤、炒空心菜、水果"，价廉物美，卫生实惠，我非常满意。

顾校长是个有心人，从饭店出来后又带我看了路边拐弯处的标志性店面、停车场的位置，并嘱咐我，如果老师们在马路上停车，一定要停在停车位里，路边有电子监控拍摄。

离开西亭初中，我再去亭西小学，假期里李丹校长因为在这个时间点有事儿，所以特地安排了一位对多媒体操作熟悉的老师接待我，两个音乐教室的多媒体设备经过调试，没有问题，桌椅都摆放得整整齐齐，校园里也是干干净净，万事齐备，就等着 6 月 15 日的到来。

风雨浸衣志更坚

在长江中下游地区,每年 6 月中下旬至 7 月上旬之间会有持续阴雨天气,这时正是梅子成熟的季节,所以称为"梅期"。唐代文学家柳宗元曾写过一首《梅雨》:"梅实迎时雨,苍茫值晚春。愁深楚猿夜,梦断越鸡晨。海雾连南极,江云暗北津。素衣今尽化,非为帝京尘。"梅雨时节的雨是变化多端的,有时像牛毛,有时如豆瓣。手机里的天气预报显示上午 8 点到 9 点左右有大到暴雨。第二届"音为有爱,乐系乡村"研讨活动前一天的晚上,我赶紧在群里发了一个消息,提醒大家雨天注意行车安全,心里默默地祈祷着暴雨来得晚些。

除了要负责整个活动,我自己还要上一节课,第二天清早六点多就出发了,一切如我所愿,小雨时下时停,淅淅沥沥,真希望天气预报报的大雨是一个误报。到达亭西小学大概七点半,四位上课的老师也是早早地就到了,各种接待工作安排得有条不紊,参加活动的老师也陆陆续续地到来。意料之外的是,有一些没有在群里报名的老师也慕名而来了,后来了解到他们有的是非专业老师,有的是听说有这样的活动就从通州最北边开车一个多小时赶来的,这种学习精神令我很感动。更为感动的事还在后面,八点钟后,雨点像断了线的珍珠,越下越大,狂风裹挟着暴雨,对面的房顶开始溅起了水雾,雨点也逐渐变成了雨流,似乎从天上浇下来,对面的房屋在水帘中模糊起来，又过了一会儿，除了水帘，一米开外就全然看不见了。哎呀！还有一些参会的老师在路上，但愿此时他们都能把车安全地停靠在路边，等待这阵暴雨过去。上课的时间越来越近了，其实，我内心真希望他们迟到一会儿，在车里多等一会，因为这样的狂风暴雨除了坐在汽车里，只要出来，任何雨具都会失去作用。大雨持续了十几分钟，渐渐地缓和了，天空的光线开始亮了起来，勉强可以看到远处的树木了。上课之前，老师们一个接一个地到了，多数老师浑身上下都湿透了，不少老师跟我打趣道："今天能来听课的老师，都是发自内心地真爱这项活动。"等到他们都去听课了，我看了一眼签到表，微信群里参与接龙的小学年级段的二十三名老师一个不缺，后面还增加了七八个没有接龙的老师，西亭初中那边也发来了签到表，除一名老师活动之前请假外，全部到位。冒着如此大的暴雨参加我们的活动，这样的行动真的感人肺腑，令人终生难忘。

梅雨天气就是这样，到了吃午饭时，已经是雨过天晴，艳阳高照，石港小学的冒老师问我，下午的会要开到几点，能不能请个假。我问她为什么要请假，她支支吾吾，欲言又止，在我的追问下终于说实情，答案有些让人心酸。"温老师，早上的雨你也知道，你别看我们几个外面的衣服是干的，可里面的衣服都还湿着呢。"我忙说："下午主要就是评课和回顾一年来的工作，会议三点之前肯定结束。健康第一，你们现在还是回去换衣服吧。""要是确定三点之前肯定能结束，我们就坚持一下。"多么朴实的回答。说句心里话，我们这次活动是自愿参加的，不来参加对老师们没有任何影响。但就是这么一项活动，报名的老师都来了，而且是克服了那么大的困难来了，更重要的是都坚持到了最后。我忽然想起了曾经读过牧之的一本书，书名叫《别计较，别让功利心毁了你》，这本书告诫人们，做人做事不要有太强的功利心，真正做成功一些事情，一定要解开名利的羁绊。清代书画家石涛在《苦瓜和尚语录》中谈到，一个画家之所以达不到自由创作的境界，是因为他"为物弊"，说的大致也是这个道理。话好说，可要真正做到却太难。大千世界，芸芸众生，能够置身于名利之外的又能有几人？我庆幸当初给这支队伍取名为"公益支教团队"，如果我们为的是职评加分、劳务补贴、嘉奖表扬等，以追名逐利的心态去做，可能走不到这么远。有一群这么好的老师相伴而行，我还有什么理由不把这份公益事业做好呢？

我们两岁了

——在第二届"音为有爱,乐系乡村"活动中的讲话

我小时候很喜欢看一部电视连续剧《铁道游击队》,电视剧的主题曲如今还能哼得起来,一首是我们熟悉的《弹起我心爱的土琵琶》,"爬飞车那个搞机枪,撞火车那个炸桥梁,就像钢刀插入敌胸膛,打得鬼子魂飞胆丧。"跳动的音符再现了英勇的游击健儿在铁路上与日本侵略者英勇战斗的场面。另一首歌曲是《微山湖》,"微山湖喂,阳光闪耀,片片白帆好像云儿飘……"那甜美的歌声刻画了铁道游击队员纯美的心灵,这也是当地抗日军民对抗战胜利后幸福生活的憧憬。如今抗战的硝烟退去七十多年,胜利后的中国大地上早已是一片欣欣向荣的景象,无论是城市还是乡村,无论是贫穷还是富有,家家的孩子都能上学。然而,受城乡二元结构体制的影响,教育资源的分布不均导致了很多农村学校音乐教师师资短缺,无法正常开足、开齐音乐课。

在铁道游击队的故乡,革命老区山东枣庄,多年来也一直面临着这样的窘境。枣庄市薛城区音乐教研员褚艳华老师看在眼里,急在心里。她身先士卒,以一己之力扛起了常庄镇西庄小学的支教重任,这一干就是十几年。然而,面对这么大的缺口,她也意识到自己一个人的付出只能是杯水车薪。2014 年,褚老师开始带领全区部分骨干音乐教师录播云课堂,前后耗时

三年，录播了人音版小学一到六年级十二册书，共一百六十余节音乐课，为农村小学送去了丰富多彩的音乐云课堂。十年支教路，三年云录播，褚老师带领全区的音乐老师用自己的行动诠释了新时代音乐老师的初心与使命。

今年春节期间，褚老师看到我们金沙风公益支教团队的活动推送宣传，主动加我为微信好友，和我一起探讨如何更好地开展乡村学校的公益支教活动，更好地为乡村学校服务。很快在我们金沙风公益支教团队的影响下，褚老师迅速拉起了一支公益支教的大军，送课下乡、社团辅导搞得风生水起，有声有色。前几天，我还看到山东省"学习强国"平台对他们进行了专门的报道。

我简单介绍一下，褚老师是北京师范大学教育硕士毕业，现任枣庄市薛城区音乐教研员，是枣庄市特级教师，平时工作非常繁忙，本来计划要亲自过来参加我们今天的第二届"音为有爱，乐系乡村"活动，因为在6月份要带领教师合唱团参加两场合唱比赛，一次是枣庄市的，一次是山东省的，在精力上实在无暇分心。但繁忙的公务丝毫不能阻挡她对公益支教那份特有的情怀，前天，褚老师特地在百忙之中录播了视频。下面，我们一起来听听她给我们分享的她和她的团队做公益支教的故事。

（播放褚丽华的讲话视频）

麦随风里熟，梅逐雨中黄。一年的时间倏忽而逝，2020年6月18日，我们在亭西小学、骑岸初中、忠义初中三所学校联合举行的第一届"音为有爱，乐系乡村"活动的情景还历历在目。今天，我们又在这里欢聚一堂，共同展望我们"金沙风"公益支教的前景与未来。在这里，首先，要感谢区教体局的领导和区教师发展中心的专家亲临我们的会场来指导工作。其次，我们要感谢承办单位西亭初中、亭西小学为本次活动提供了热情周到的后勤服务。最后，还要感谢在座的各位老师从百忙之中抽出时间来参加今天的会议。接下来，我就简单地向大家汇报金沙风公益支教团队从 2020 年 6 月到现在一年来发展的大致情况。

一、一年来，我们支教的队伍在不断壮大。记得去年此时，我们还是一支十人的队伍，到今天成员数量翻了一倍，已经发展成了一支拥有二十一人的团队。更为可喜的是，有不少刚刚参加工作不久、年轻的老师加入了我们的团队，为我们团队后续的发展注入了新生力量。

二、支教的范围在不断扩大。去年的此时，我们一共对口支教三所学校，今天我们已经翻了一番，算上西亭初中，现在我们对口支教的学校一共有七所。也就是说每个星期我们支教团队都会兵分七路，浩浩荡荡，奔赴不同的支教学校。因为我们的支教活动，通州率先在全市乃至全省实现了音乐课无盲点全覆盖。

三、支教的深度在不断推进。原来在对口支教的小学里，我们只能开设五六年级的课，经过一年的努力，现在五窑小学、五甲小学、亭西小学三所学校的三四年级的音乐课已经正常开设起来了，忠义初中的初三课务也按照区教体局统一标准和要求开设到位。今后，我们还要不断地继续推进，争取把五总、庆丰两所小学的中年级段的音乐课也开设起来。

四、支教的项目在不断外延。我们除了去支教学校上课以外，还力所能及地帮助支教学校开展一些活动。比如，去年下半年"三独"比赛中，帮助五窑小学辅导学生独唱，帮助五总小学辅导学生独舞，参加五甲小学的元旦迎新晚会，近期还帮助辅导亭西小学学生的六一儿童节展演……支教学校的校园艺术活动中，开始有了我们支教老师忙碌的身影。

五、在管理上，我们不断完善。原来我们考虑到支教老师连续工作压力过大，采取了不同老师间周上课的方法，后来发现这样缺少教学的连贯性。这学期我们进行了改进，一个老师一所学校连续去上半学期，上课老师虽然辛苦了一些，但很好地解决了教学连贯性的问题。另外，原来我们是把教学内容规定到具体课题的，现在我们只是大概统一进度，让支教老师在教学内容的选择和组合上有了充分的自主权……一系列的调整让团队授课方式不断向着科学、合理的方向迈进。

六、社会的影响力不断增强。举两个例子，前些日子，我去庆丰小学支教，遇到他们学校的美术老师丁晓辉，因为美术教室在我授课教室的隔壁，所以我俩攀谈了几句。说实话，之前我不认识他，很奇怪他能叫出我的名字，还知道我们金沙风公益支教团队的事迹，我大惑不解。他告诉我是在一本书中看到我们支教团队的事迹，这本书就是我们每人都发到手的，由本土作家黎化老师和郝贵良校长合作的《诗通向远方》。再举一个例子，为了这次活动能够成功开展，我曾请教过上海市浦东新区特级教师陈璞老师，因为他是上海浦东新区名师培养基地的导师，我想向他取取经。以前我和陈老师没有太多的交流，和他的关系就仅仅是同在一个微信群里，加了他为微信好友之后，他的第一反应也是出乎我的意料，他竟然也知道我在做公益支教的事情。后来我思来想去，终于回忆起来了，估计是湖南文艺出版社举办的《音乐教育情书》的首发式上，我提交过一个视频，在视频的最后，我重点提到过我们公益支教的事情，首发式的微信推送中，他的视频放在第一，我视频放在第三，我估计他是因为看了我的这个视频，所以才对我们支教的事有所了解。这两件事情告诉我们，平时要利用一切机会宣传自己，好事更应该传千里。

第二期"音为有爱，乐系乡村"活动

当然，公益支教要走的路还很长，还面临着很多问题，还有很多困难需要我们去克服、去解决。比如：如何实现支教老师的跨学段角色转换？如何定点帮扶支教学校建设社团？如何将我们的支教活动影响范围拓展到周边县市区？当然，这些问题说一千道一万，归根结底都需要人员，有了人员的加入，一切想法都有可能实现。在这里，请允许我再次打一个广告，我们的发展离不开在座的老师们的鼎力相助，有了你们的支持，我们的队伍才会更加壮大，事业才会更加兴旺与蓬勃。我一直认为，一个人摆脱平庸的最好办法就是在心中播种信念的种子，我们金沙风公益支教团队的每一位老师心中都有这样一个信念，就是要用音符拨动乡村孩子的心弦，用音乐激发农村儿童的潜能，把音乐的快乐送到农村，为乡村音乐教育传递我们的温度，也为自己的教育人生加分。我们期待您与我们"益路同行"！谢谢大家。

申报"四有好教师团队"

开学初,我们就制定了一项重要的工作目标,就是要积极申报"十四五"规划课题。申报课题对团队的发展有两个作用:一是做一些实实在在的研究,可以将我们的事业不断向前推进;二是可以帮助团队里的老师更快地成长。为此,我联系了教师发展中心的陆云峰主任。用陆主任自己的话说,他和音乐教育有着不解的情结。他刚开始工作时,学校缺少音乐教育人才,普师出身的他在学校代过音乐课,而且一代就是十年。我记得有一次教师发展中心搞同题异构的活动,我和平潮高级中学的钱晓慧老师同时上了《群众歌曲和艺术歌曲》,陆主任来听课评课,他的点评可以说是入木三分,令人折服。再后来,我与陆主任的接触就是我们的孩子都在市中读书,他家的孩子大我家的两届,晚上接孩子时我们碰到过数次,再后来我搬到了金色城邦居住,我们成了在同一个小区的邻居。

本来,我想通过微信或者电话与陆主任沟通的,但他担心这样可能讲不清楚,最终约我到办公室面谈。当他知道我们在做这样一件有意义的事情之后,大加赞赏,同时对我原来拟定的课题在方向上做了调整,将研究的重点锁定在教师角色转变上。因为我们的团队去支教,不仅有城乡角色的转变,还有学段角色的转变。研究的重点确立下来,我讲出了我的困惑:现在团队有二十几名老师,而课题组的核心成员只有十人,僧多粥少，如何平衡是个难题。他建议我另外再做一个项目，把没能加入课题组的老师一起加到这个项目中来，该项目具体来说就是申报"四有好教师团队"。他还把原来通州幼儿园张宏云老师做的一个"江苏省四有好教师团队"的申报表借给我参考，并给我们这个项目起了一个富有诗意的名字"田园牧歌"。原因如下：我们团队的主体是一群音乐老师，服务的对象是农村学校，"牧"又有自由和放养的意思，这与音乐学科的特点很相似。经过两个多小时的交流，我得到满满的收获，满心欢喜，期待能带着团队飞向新的高度。

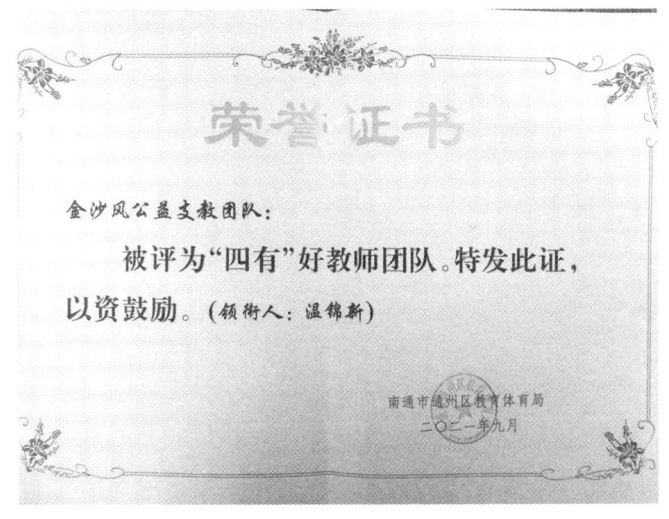

"四有"好教师团队证书

当天晚上，我向陈梅副科长汇报要评"四有好教师团队"的想法，当即得到认可，她表示等到人事科开始申报时我们就上交材料。哪知道上半年活动一个接着一个，把这件事情给耽搁了下来，等到我想起来时，被告知今年参加评选的团队的材料都做好送来了，已经快要组织专家评审了。得知这一消息后，我一刻也不敢耽搁，下午花了半天时间把所有的材料收集，一个晚上整理完毕，第二天上交。作为最后一支申报"四有好教师团队"的队伍，我们静静地等待着评审的消息。

让歌声在田野上飞扬

2021年暑期刚过不久,电话那头传来了教体局办公室邵敏华主任的声音:"温老师好,我是教体局的邵敏华,恭喜你们团队在全区十四支参评的队伍中胜出,今天下午到教体局会议室参加准备教师节宣讲的工作会议。"虽然我和邵主任未曾谋面,但是听名字就已经觉得很亲切,以前我们做的关于支教的微信推送同步到"通州微教育"都是她负责的。

会议由教体局党委书记薛小玉主持,参加会议的还有通州高中的副校长巫灿烨,援陕代表西亭初中的徐汉兵主任,"十佳青年教师"代表兴东小学的周莹老师,领航校长培养对象兴仁小学的顾建锋校长。薛小玉书记传达了区政府和教体局关于举办庆祝第三十七个教师节的会议精神,要求我们7月底之前写完宣讲的初稿。

我回家后马不停蹄,先后写了第一稿《音乐剧——支教者之歌》,第二稿《支教——让歌声飞遍乡村》,第三稿《让歌声在田野上飞扬》,第四稿《幸福三棱镜:折射乡村支教的情怀》,第五、第六稿《让歌声在田野上飞扬》,最终文稿基本定了下来。在此,要衷心感谢区教体局办公室王亚飞和葛亚梅两位主任,逐字逐句地匠心打磨,数十次不厌其烦地电话交流和面改。定稿后,接下来就要做PPT,PPT的制作对我来说不在话下，准确地说，是对我们家来说不在话下，因为我爱人吴洁华是美术老师，在这方面可以说是有些研究的，我区不少送去市里参赛的课件都是出自她手。不承想，我的第一次试讲就被否定了，主要问题就是PPT做得不大气，色彩和图片的数量以及元素的呈现达不到要求。在整改讨论时，薛小玉书记现场与金沙中学李达校长通话，吩咐李校长要落实人力和财力确保我能拿出高质量的PPT。我回家后立马抓紧时间寻找照片，好在每次活动都要求支教学校落实专人拍摄照片并发到群里，有了平时的储备，加上后期适当的补拍，PPT的内容丰富了很多。我们家吴老师也是使出了浑身解数，参考了周老师和顾校长的PPT底色和搭配，连续奋战两天一夜，终于完成了任务。这段经历写起来不过寥寥几句，而做起来的千辛万苦可能只有经历过的人才知道。每一段内容放什么样的图、怎样放，每一页PPT都是我们两人反复地推敲，观点不同时，各自先发表自己的见解，说出自己的理由和依据，要是意见还不能统一就先搁置一边，再查看他人的资料和样稿，仔细研究分析。PPT总算做完了，这回我吸取了上次对稿件不熟的教训。尽管上了年纪记忆力大大地衰退了，近两千字的文稿我还是通过一遍遍的朗读最终背了下来。我还有一个硬伤是普通话不标准，造成这一硬伤的原因有两个：一是小时候没有接受很好的普通话训练，当时乡村小学的教师多数是民办代课教师，大部分讲的是"狼山牌"的普通话，一直到了小学四年级我才遇到一位正式师范学校毕业的老师，不过很可惜，我还是错过了语言发展最关键的时期。二是和我工作的第一个单位以及再生家庭有关系，我在前文《守护乡音》中提到，我工作的第一站通海中学的老师学生全是讲的启海话,入乡随俗,为了更好地融入这一集体,我也模仿,讲得快的时候两种语言开始互相"客串"。八年后,我离开这所学校,周围环境的语言接近家乡的方言,因为家里吴老师讲的是地地道道的启海方言,家庭生活中,我们还是习惯用启海方言交流,一直没有改过来。语言是一种习惯,一个不留神就会暴露出来,甚至在唱歌时,我的普通话也会发音不准。为了做好这次宣讲,我特地请了老同学——在张謇学校挂职的华刘君副校长给我示范读了一遍。有了充分的准备,到第二次试讲时,薛小玉书记对我进行了大大的肯定和表扬。通过这件事,我更深刻地明白了一个道理,这个世界上没有随随便便的成功,所有命运馈赠的礼物,都在暗中标好了价格,正如《梅花三弄》中唱的那样:"不经一番寒彻骨,哪得梅花扑鼻香?"

附文稿:

尊敬的各位领导,各位老师,大家好:我是金沙风公益支教团队的领衔人温锦新,今天我想通过几组数据向大家介绍我们的团队。

第一组数据:从1到21

两年前,我和骑岸初中的郝贵良校长在"金沙风"艺术合唱团相识,聊天中我得知他们学校没有音乐教师,各种艺术活动也无法正常开展,他非常希望有音乐老师愿意来乡下给孩子们上课。郝校长恳切而期盼的眼神深深地打动了我。就这样,我成了一名音乐支教的背包客!2019年10月24日,星期四上午,骑岸初中的校园里响起了悠扬的钢琴声,这再寻常不过的琴声,却让这所农村学校苦苦等了多年。区教体局基教科陈梅副科长获悉此事,在电话里跟我说:"通州是全国农村艺术教育实验县,在实现艺术教育均衡的道路上,我们应该要走在全国的前列,你开了一个很好的头,但是一个人的力量是有限的,我建议你组建一支支教团队,我第一个报名!"我联系了"金沙风"艺术合唱团的钱怡、陈小燕、黄艳等几位团长,试探着和她们讲了支教的事,尽管她们的课务很多,但是一听是去支教的,都爽快地答应了。就这样,我们几个人成了金沙风公益支教团队的首批成员。每周四上午,我们奔赴不同的乡村学校,开启了田野上的音乐支教之旅。慢慢地,同行的人越来越多,如今,我们金沙风公益支教团队已经发展成为一支拥有21人的团队。

第二组数据:从21到1500

两年来,我们这支21人的团队共支教学校8所,送教1200多次,受益学生达1500多名。

音乐之光可以点亮孩子的梦想。她叫缪缌瑶,是五窑小学六年级的一名学生,由于学校没有专业的音乐老师,小缌瑶只能跟着家里的影碟机学唱歌,她最大的梦想就是能够登上城里的大舞台。陈秋瑶老师第一眼就发现了这个爱唱歌的小姑娘,每次去五窑小学支教,她都会利用中午休息时间教小缌瑶唱歌。在她的悉心指导下,小缌瑶歌唱的表现力一点点增强,对音乐的理解也逐渐深刻。在今年的"三独"比赛上,"小夜莺"终于从农村飞到城里,登上了她向往已久的大舞台。

亭西小学,位于西亭镇草庙村,是全区唯一的村小办学点。看,他们是亭西小学合唱队的成员,共有26人,他们中有土生土长的孩子,也有外来务工人员子女。这支合唱队成立于 2021 年 4 月，单吉平、黄锐、孙佳怡、钱怡是合唱队的组建人和指导老师。因为喜欢而坚持，因为坚持而发光。在今年的六一晚会上，合唱队的孩子们登上了学校的舞台，他们表演的《红歌联唱》得到嘉宾们的高度肯定和赞赏。

我不知道一支 21 人的团队会对 8 所学校的 1500 名学生产生怎样的影响，但我深刻地记得，骑岸初中的一名学生在日记中这样写道："自从支教老师来上音乐课，我对音乐有了新的认识和追求，有了音乐相伴，我们的生命显得更加高贵而芬芳！"是呀，我们公益支教团队的责任就是要把音乐的种子播撒到孩子们的心田里，让田野上每一个孩子的生命因音乐而高贵，因音乐而芬芳！

第三组数据：从 16 到 1512

从南山湖小学到庆丰小学，单程大约 16 公里；从南山湖小学到镇巴县的泾洋中心小学，大约有 1512 公里。团队中，南山湖小学的曹钰老师每周去庆丰小学支教，2020 年暑期，她又毅然报名去镇巴县的泾洋中心小学支教。从 16 公里到 1512 公里，曹老师的支教路程一下子延伸了近 100 倍。

这所大山深处的学校看上去一点也不逊色于沿海地区的县城学校，需要做些什么改变呢？这是曹老师想得最多的一个问题。改变不仅是一种想法，更是一种行动。在新教师培训活动上，在送教下乡活动中，在汉中市教育质量推进现场会上，曹老师抓住机会，一次次主动请缨，一次次执教示范课。她常常把组内的老师召集起来，一起交流，一起探讨，把自己在通州任教时的所学所思毫无保留地分享给大家。在镇巴的 100 多天里，千里之外的 20 个人成了她援教的坚强后盾。每当遇到棘手的问题，大伙儿就一起帮她想办法、出主意。曹老师用音乐传递着教育理想，传递着金沙风公益支教团队的力量。曹老师的千里镇巴行给了我更深的思考：公益支教还能辐射到更多、更远的地区吗？辐射的距离没有最远，只有更远。今年春节期间，在我们支教团队的帮助下，山东省枣庄市薛城区成立了"美遇乡村"公益支教团队，在齐鲁大地上率先扛起了音乐支教的大旗。

从城里走进乡村，我们就这样来回穿梭在公益支教的道路上，从春夏走过秋冬，我们就是为了让歌声能在田野上飞扬！

教师节上的宣讲

将课题做在祖国的大地上

对于做课题，我并不陌生，"十二五"时做过一个区级课题《基于高中艺术课堂的动态生成的研究》，在 2015 年顺利结题。"十三五"时还申报过一个省级课题《基于农村学校艺术课程计划管理机制的研究》，并到南京参加过开题培训，后来因为特殊原因这件事被搁置了下来。2021 年暑期，"十四五"规划课题又开始了申报培训。按照教师发展中心陆云峰主任的建议，我们申报了《基于支教背景下音乐教师角色转变的实践研究》。作为课题主持人，我需要搜集大量的研究资料，还好互联网时代购买图书非常方便，我买了很多关于教师角色转变的书籍，如：美国南伊诺利诺伊大学的教育博士约翰·麦金太尔和新墨西哥州立大学的教育博士玛丽·约翰·奥黑尔合作撰写的《教师角色》，李咏梅著的《教师角色调适力修养》，缪水娟著的《教师角色转变细节》，叶澜主编的《教师角色与教师发展新探》，沈丽萍编著的《故事中的教师角色转变》，等等。我利用暑期难得的宝贵时间，将这些书籍一一啃了下来。要想做研究，必须了解前人的研究，就如人类认知的连续性一样，前人的成就是后人前进的基础。牛顿是在伽利略、开普勒等人的基础上发现了万有引力定律的；爱因斯坦是在洛伦兹等人的基础上提出了相对论的；马克思主义理论的三个组成部分来源于德国古典哲学、英国古典政治经济学和法国空想社会主义。经过了前期大量的阅读和消化，一份近八千字的课题申报书终于完工。为了稳妥起见，我邀请了我们学校教科室课题专家邱磊主任帮助修改。邱主任主持过多项省级课题，对于课题申报有着丰富的经验，即使当时事务繁忙，还是对我们的课题申报做了仔细的修改。临近开学时，我将申报表上交，静静等待好消息传来。

然而，希望是美好的，现实是残酷的，我们没能等到申报成功的消息。课题名单公布之后，我从前面翻到后面又从后面翻到前面，睁大眼睛看了又看，都没有找到我们的课题，是不是弄丢了？我打邱主任的电话，核实了确实是榜上无名。我就像一位高考落榜的学子，十几年的挑灯苦读换来一声无奈的叹息。

有过沮丧，有过不甘，冷静地想一想，其实在做的时候，冥冥之中就有种不能成功的预感。课题最大的作用与价值是能被推广和运用，而我们团队的这一探索和实践，不要说在全市，就是在全省乃至全国都是罕见的，输就输在这一课题暂时还没有被很多人认可，其中也包括评审的专家，其实也不能算输，反过来看，我们是在做一件很多人想都没有想到的事情。申报不成功没有关系，用纸和笔书写的课题没有申报成功，我们就用滚滚的车轮和动听的歌声来做好它，教育科学院的课题名单里没有我们没有关系，因为我们已经把乡村艺术教育均衡的课题做在了祖国的大地上！

乡村娃娃上央视

《田野里的歌声》电视公益节目是由中央电视台十七套农业农村频道全新创意策划的一栏节目。清新的乡村新貌、鲜活的少年群像给乡村美育带来了一派新气象,在全社会掀起了一阵关注乡村美育的热潮。郭声健教授作为嘉宾参与了节目的拍摄,我们"音为有爱"群里的老师自然也就近水楼台先得月了,第一时间在群里获得了同名歌曲的合唱歌谱和伴奏。我想起了这几周要去兴东小学辅导学生合唱,正苦于手头没有合适的作品,正好让合唱团来唱这首歌曲。

兴东小学的情况是这样的,原有一名音乐老师,还建有一支小有名气的"小春笋"合唱团,因为种种原因,音乐老师谢老师要被调到城区某小学,兴东小学的校长请求我们金沙风公益支教团队过去保住这一濒临解散的合唱团。开学初,我们派出了"金沙风"合唱团的指挥和钢琴伴奏走进这所学校,对"小春笋"合唱团的孩子进行了一段时间的训练。这些时日,因为忙于应付一场大型的合唱比赛,两位老师分不开身,由我过去顶替她们的工作。"小春笋"合唱团的孩子确实训练有素,人数虽然不多,但音色很纯正,音准节奏都很准确,教起来也不费力。两次排练下来,"小春笋"合唱团对这首歌基本上已经能唱出来了。学校负责拍摄照片的王海军老师来拍照时,我让他给学生拍了一个完整的演唱视频。

这几天"音为有爱"的群里很是热闹,每天都有各地的演唱视频上传到群里,当天晚上,我也把兴东小学"小春笋"合唱团的演唱视频发到了群里,不少老师看了啧啧称赞。不一会儿,郭教授给我回话了,意思是他把兴东小学的演唱视频传给央视《田野里的歌声》节目组的导演,导演看了大加赞赏。

央视播放兴东小学合唱团的演唱

几天后,估计是节目策划组看到各地不少的演唱视频后临时决定在闭幕式当天把各地的演唱视频剪辑进去。由于是临时决定,时间非常紧,11月28日播放,26日要全部剪辑制作完毕并送审。因为视频在微信里传播经过了自动压缩,文件大小不符合节目组的要求,如果要想在28日那天播出,必须要在26日晚上12点之前把原始文件发到指定的邮箱。我看到这个消息时,已经是26人日晚上10点多了,原始文件应该在王老师那里,当时我没有留他的联系方式,只好找张校长要来联系方式。张校长在苏州学习,还好电话打通了,我简单地说明了情况,万幸的是王海军老师虽然已经睡觉了,手机没有关机。我顾不得那么多了,电话打通了,我把他从床上喊起来,请他把视频从手机里剪辑好传到电脑里,转换视频的格式,再发送到指定的邮箱。郭教授那边催得紧,也是替我着急,因为电视台节目组那边不会等我们,我夹在中间,一边不停地催促王海军老师,"快点,快点","兄弟一定要帮忙,那边催得急","怎么还没有搞定""晚了就没戏了,拜托",一边不停地给郭教授打招呼"快了,快了","马上啊","还没有传过来,我再催催"。等到他上传完成时,已经接近深夜12点了,我也终于松了一口气。

一个多小时的等待是漫长的,可想想乡村学校孩子们的演唱能在央视上播出,我又是欣慰和兴奋的。

买　书

"白云奉献给草场，江河奉献给海洋，我拿什么奉献给你，我的朋友……"苏芮的这首《奉献》不知曾打开过多少人的心扉，它告诉人们只要是发自内心的，哪怕是最微不足道的奉献也同样令人动容。作为公益支教的领衔人，我也一直在想：我拿什么奉献给你，我团队的老师？

机会终于来了，11 月 22 日下午，基教科陈梅副科长打来电话，让我赶紧把今年团队产生的费用做成表格上交过去，有些尴尬的是，除了第二届"音为有爱，乐系乡村"教研活动产生了两千多元的费用（已报销）外，似乎没有其他的支出。陈科说，那就给团队里的每位老师买本书吧。

其实，买书一直是我很乐意做的事，现在各种网络图书销售平台也为买书提供了极大的便利。有时候看到一些新书发布，或者在阅读中发现了一些有价值的书的信息，我都会"贪婪"地买下。十几年来，购书、读书已经成了我生活的一部分。日积月累，书橱里有了近百本各种各样的音乐类著作。要给团队里的老师买书，我站在书橱前却有些犯难，这近百本书到底选择哪一本？我不由得想起有人在评价范仲淹的《岳阳楼记》时做过这样的论述：泱泱中华五千年的历史留下了不计其数的名篇，假如只能留下一篇的话，当选此篇。我此时的任务就是从阅读过的近百本书中找出一本音乐教育的"岳阳楼记"。

  首先跳入我脑海的一本书是《琴歌舞笔》，这是郭声健教授在担任《中国音乐教育》编辑期间编写的一本书，主要讲述了音乐老师怎样从零起步学习论文的写作，是一本非常接地气的难得的学习音乐论文写作的好书。但这一念头很快被自己否定掉，如果选择这本书，难免有把自己的想法强加在别人身上的嫌疑。团队里并不是每一位老师都喜欢读书写作的，万一书发下去却被弃之如敝屣，那岂不是令人心寒呀！至于《音乐教育情书》《音乐课堂暖暖》《音乐课堂美美的》等这类有自己文章在里面的著作更是要避免瓜田李下之嫌。既然不能从自己的喜好出发，那就从团队多数人的需要出发、从刚需出发。

  都知道名医一把刀，名师一堂课。团队里的老师虽然不都是名师，但是无论是不是名师，课堂始终是我们音乐老师的安身立命之本。所以，应该要买一本对教学有指导价值的书。我很快想起了浙江音乐学院崔学荣教授前不久出版的一本新作《音乐微格教学》。我与崔学荣教授相识纯属偶然，我的好友南京市音乐特级教师、乡村教育家潘朝阳博士把来自五湖四海的音乐老师聚起来，组建了一个微信群，我跟崔学荣教授都在这个群里。前段时间，崔教授在群里介绍他的新作《音乐微格教学》，当时我出于好奇心在新书发布时买了一本，到手后发现确实是一本对音乐基础教学有着很好的借鉴作用的著作，其最大的亮点就是除了有非常翔实的文字理论外，还有各学段生动的教学案例，而且这些案例都配有观看视频的二维码，我们只要拿着手机扫一扫，精彩简短的教学视频就会在手机的屏幕上播放，快捷便利，特别适合我们平时用碎片化的时间进行学习。

除了这一本，我还有一本心仪的著作，那就是已经过世的原徐州师范大学音乐系主任费承铿老先生的《钢琴即兴伴奏练习册》，关于这本书，说起来还有一段故事。

2011年，我因为在《北方音乐》杂志上发表文章，和杂志的编辑吴跃华先生有了交往，吴编辑还有一个身份就是徐州师大的硕士生导师，身患癌症的他出了一本名为《寻找过去的意义》的自传，从阅读他的自传中得知，他的恩师费承铿老先生是一位即兴伴奏的高手，吴教授也深得费老的真传，毕业后留校工作。天有不测风云，2013年5月1日，费老因为一场车祸离世，吴教授为报师恩，又呕心沥血写了一本《平民音乐教育家费承铿释传》，给我邮寄了一本。我记得书中描写费老能把一架脚踩的风琴弹得像交响乐，我印象最深的一个片段是，有一次费老在琴房里弹即兴伴奏，当时包括冯德刚在场的几个南师弟子都看呆了，冯德刚是何许人？相信我们江苏的音乐老师应该不会陌生，那是省内即兴伴奏的顶级专家呀！前段时间他做了件大好事，把苏教版义务教育阶段小学到初中的音乐教材的歌曲都编配了伴奏并出版了。连他都看呆了，可想而知费老该有多厉害！读到此处，我脑子中的第一反应就是想看看费老有没有留下关于即兴伴奏的文字，上网一搜就发现了这本由他编写的《钢琴即兴伴奏练习册》，原版的早就绝版了，只能买下一本影印版的。上大学时，我就喜欢即兴伴奏这门功课，所以平时见到一些相关的书籍就会买下，从上海音乐学院的孙维权教授到沈阳音乐学院的刘聪教授，包括刚才提到的南京师范大学的冯德刚教授的关于钢琴即兴伴奏的书，我都读过一些，并且多多少少也练过一些，比较起来确实是费老的这本《钢琴即兴伴奏练习册》最接地气、最简单易学,对和声的运用原理也讲得最清晰透彻。2020年在家里闲着没事时,我就对照着练练,发现确实有较大的提高,只是人到中年,上有老下有小,各种杂事缠身,只练了常用的七个调,还有五个不常用的调没顾得上练习。

给团队老师买的书

可以说,即兴弹唱是每一位音乐老师的看家本领。大家都知道,现在国内的音乐教师基本功比赛项目已经由原来的五项扩展到了九项了。如果再出一道选择题,这九项基本功展示只能留下一项的话,该留哪项?我想大多数音乐老师都会和我的想法一样,那就是留下歌曲的弹唱。弹唱是我们音乐老师区别于其他文艺界人士和其他学科老师的特有的本领。说实话,要比声乐、器乐、舞蹈,社会上一些文艺界的人士,甚至有的业余爱好者,都比我们音乐老师唱得好、奏得好、跳得好。要比课件制作、教学设计、说课、备课、普通话、粉笔字等,其他学科的老师比我们做得好的也是大有人在。可以这样说,没有读过音乐师范、没有学过音乐教育的人,很难在弹唱上超过我们音乐老师。弹唱对一名音乐老师到底有多重要?我们来看看德国的音乐教师的基本功比赛,在德国,音乐教师的基本功比赛就比弹唱一项,当然,他们的弹唱分得很细,除了歌曲的弹唱外,还有视奏、即兴演奏等。有人说德国的强大赢在了小学的讲台上,我相信在这种秉轴持钧的比赛规则引导下,德国音乐教师弹唱的整体实力定然会领先世界。

一本关于上课,一本关于弹唱,这两本书到底留哪本呢?鱼和熊掌该怎样取舍?我没法选择,只好把决定权交给领导,陈科果断地下指示:两本都买。

人性总会有狭隘的一面,那就是好的东西都不愿意拿出来与别人分享,而做公益却让人心胸开阔,懂得奉献、分享的快乐,相信心有多大,世界就有多大!

书籍是人类进步的阶梯,愿我们的团队在阅读与实践的阶梯上一步一步向着音乐教育的高峰登攀!

流动的录音棚

受"金沙风"教师合唱团经常推送合唱作品的启示,我一直在思考:能不能将兴东小学或者韬奋小学的合唱也通过我们"金沙风"的公众号推送出来?真要实现它,有一连串的问题需要解决:录音的费用怎么办?孩子出了校门,安全问题怎么保障?录音师和孩子的时间点能很好地契合吗?一个个问题像一只只拦路虎一样。说来奇怪,越是困难,我的这一想法就越是强烈,最终迫使我痛下决心的就是兴东小学的孩子合唱视频上了央视十七套的节目后要做一个推送宣传,于是我坚定了信念,排除万难,自己学录音。万事开头难,只得硬着头皮一步一步向前走。首先,我购置了录音设备,女儿考上大学时,朋友送的一副耳机可以当监听耳机,女儿大学里玩乐队时添置过一款声卡,她如今大三学习紧张,这些东西全放在家里了,正好给我派上用场。我从淘宝上购买了一只铁三角电熔话筒,一只普通的耳放和五副耳机,这样子硬件基本搞定了。其实,比硬件难弄的是软件。网上下载的录音软件功能受到很多限制,而且对于安装软件,我并不擅长。还是那句话,你铁定了心要做一件事情的时候,什么困难都不是困难。专业的事交给专业的人来做,现在的互联网远程通信科技弥补了我们这些软件安装菜鸟的遗憾,下载了远程控制软件之后,一切难题就交给了对方。本以为一切可以搞定,但实际上事情远没有那么简单。这个软件需要运行的内存太大，电脑要重新升级。我跑到电脑城重新换了固态硬盘，添了内存条，重新做了系统。这是一个烦琐的过程，需要把电脑里的资料全部导出来，很多常用软件需要重新安装，有的付款软件还要重新购买，两利相权取其重，为了能录音一切都可以忽略。

硬件软件准备完毕，我就开始学习，互联网上的教育资源让学习知识技能变得非常便捷，关于录音的教学视频，网络上比比皆是。录音好录，混音难混，时间紧迫，我先录完，后面再回来慢慢边学边拨弄吧。

第二天早晨细雨绵绵，我带着一箱的录音设备，开车前往兴东小学。

学校原本给我安排在录播教室，实地观看了场地之后，我发现不合适，主要是因为录播教室在办公楼里，人来人往，很难保证绝对的安静。想来想去，最后还是选择阶梯教室，这个地方远离教学区，空间大，还有钢琴，万一音唱不准还可以校对一下。设备架好，学生到位，因为是第一次录制，没有经验，去之前我请教了读本科时的同班同学他给我的建议是本身要唱得好，没有把握的一定要多录几遍，回来再慢慢处理。兴东小学合唱团里孩子的演唱水平是没有时间再磨炼提高了，只能多录几遍。就这样一遍一遍地录，原本一个声部只要录三四遍，我录了十多遍，原本只要找一组孩子参与录制，结果合唱团的每个孩子都参与了录制，原本一两个小时可以录完，最终录了五个多小时。还是那句话，当你下定决心要做一件事情时，即便再苦再累，心里也不会觉得苦与累。回家后，我从剪门条线开始，修音高、挂 EQ、上压缩、加混响，最后到母带的处理……一步一步边学边实践，连续三个夜晚接近十个小时，一首像样的兴东小学版《田野里的歌声》问世了。

　　流动录制的成功意味着我们的微信公众号以后可以随时随地推出一些相对成熟的合唱作品啦！

给兴东小学的孩子录音

虎年贺词

"牛耕绿野千仓满,虎啸青山万木春。"时代的车轮滚滚向前,值此普天同庆、万家团圆之际,金沙风公益支教团队向关心乡村音乐公益支教事业的各界领导,支教学校的老师、学生、家长以及音乐教育界的全体同仁表示新春的问候和节日的祝福!

2021年,金沙风公益支教团队为全区8所没有专业音乐老师的乡村学校送去680节音乐课,有效地缓解了我区城乡美育师资不均衡的矛盾,为乡村美育的发展做出了一代音乐教育者应有的贡献。回想起这一年的串串足迹,脚下的每一步都走得铿锵有力!

一年之计在于春。为了统一部署好全区乡村音乐支教工作,2021年2月25日,我们在少年宫举行了第一次全区支教工作会议。会议明确了一年的工作目标,分享了部分老师支教的心得体会,聆听了教体局领导的勉励和教诲,为全年的支教工作描绘了崭新的蓝图。

教而不研则浅,研而不教则空。为了进一步提高支教过程中课堂教学的质量,6月15日,团队成功地组织了第二届"音为有爱,乐系乡村"教学研讨活动。尽管当天大雨滂沱,全区五十名乡村音乐教师无一人迟到。从小学三年级到初中二年级,六个年级段,每一节公开课都精彩纷呈,展示了支教人的实力与风采，赢得了评课专家们的高度肯定和褒奖。

一花独放不是春，百花齐放春满园。铁道游击队的故乡——山东省枣庄市薛城区多年来一直面临着美育师资不均衡的困境。薛城区音乐教研员在了解到金沙风公益支教团队的故事后主动联系，经过我们的悉心帮扶，很快枣庄市薛城区成立了"美遇乡村"公益支教团队，在齐鲁大地率先扛起了乡村音乐支教的大旗，革命老区的乡村学校从此也开始有了甜美而清澈的歌声。

爱默生说过："人生最美丽的补偿，就是人们真诚地帮助别人之后，同时也帮助了自己。"今年教师节，经过重重选拔，金沙风公益支教团队在众多的"四有好教师"申报团队中脱颖而出，被区教体局评为"十佳四有好教师团队"。在教师节表彰大会上，金沙风公益支教团队负责人做了题为《让歌声在田野上飞扬》的八分钟的宣讲，"交汇点"、通州电视台、"通州大众"、"通州微教育"、《教学与进修》杂志等媒体进行了专题报道。成功的团队会成就队员，在这支团队中，一批批老师茁壮成长，"教坛新秀""骨干教师"等一个个荣誉称号也纷至沓来！

梦想有多大，舞台就有多大。通州区兴东小学今年刚被纳入支教范围，在团队几位老师的指点下，兴东小学的"小春笋"合唱团迈上了一个新的台阶。11月底，"小春笋"合唱团参加了中央电视台《田野里的歌声》节目组向全国征集歌曲演唱视频的活动并被录用，11月28日晚8点，央视第十七套推出的最后一期《田野里的歌声》节目中，节选了"小春笋"合唱团孩子们声情并茂的演唱视频。公益支教助力乡村娃娃上了央视的大舞台，实现了心中的"央视梦"。

岁序交替新元始，赓续初心再出发。2022年，我们金沙风公益支教团队将牢记教体局领导的嘱托，坚定振兴乡村教育的理想信念。力争在新的一年里，将支教的队伍扩大到二十五人以上，支教的范围再增加一到两所乡村学校，继续宣传好公益支教事业，扩大自身的影响，力争再帮扶一到两个类似山东枣庄这样的革命老区。以自己的身体力行，让歌声在更多乡村学校的上空飘扬！

祝大家新的一年身体健康，阖家幸福，工作顺利，如虎添翼！

金沙风公益支教团队

2022年1月31日

我们三岁了

古谚有云："三岁看大，七岁看老。"一转眼，我们金沙风公益支教团队已经走过了三个春秋，一年一度的"音为有爱，乐系乡村"的教研活动又要提上日程了。其实，开学初教体局分管教育的胡清华副局长就让陈科把今年活动的时间和方案写进艺术教育工作计划。由此可见，虽然我们做的是一项很不起眼的公益活动，但是局党委一直把我们记在心上。今年的支教工作对象增加了两所援教学校合唱团，为了更好地展示援教学校合唱团的风采，考虑到学生的出行安全，我们决定把活动放在这两所学校同时进行。为了展示支教团队的整体教学实力，原则上要求每一位支教老师都要上课，由于种种原因，共有18位老师报名，18位老师在一次教研活动中同时开课，而且在半天内完成，这样的规模可能在通州乃至南通音乐教研活动的历史上都是罕见的。当然，这大大增加了后勤保障的难度。两所支教学校都只有一间音乐教室，必须要增加两间普通的教室作为教研活动专用教室，普通教室的多媒体用来上音乐课应该是没有问题的，关键是钢琴，到哪里弄这么多架钢琴呢？有条件要上，没有条件创造条件也要上，说到找钢琴，我自然想起了国乐乐器的老总张勇。十几年前，国乐乐器还是实验小学对面的一间小小的琴行，随着电子商务兴起，如今的国乐乐器已经发展成为全国乐器行业的大鳄，其中雅马哈、敦煌、罗兰等知名品牌乐器的销量占了公司销售总量的半壁江山。生意做到了这个层面，老总张勇的思路和眼界也自然到达了一个新的境界。两年前，张总托我了却一桩心愿，我至今还没有办成。张总看到我们公益支教的故事后，联想到自己作为一名普通工人家庭子弟学艺之路的艰难，决定免费赠送一批口琴、竖笛或者口风琴给一所乡村学校的一个班级，让更多的孩子喜欢音乐。并且他承诺，几年后如果有经济拮据家庭的孩子走上音乐教育道路的，他愿意出资赞助学费和生活费。因为人员的紧缺，课后延时服务暂时无法纳入支教的范围，这个愿望也就一直是一个美好的心愿。要提供五台钢琴，我只有找他帮忙，张总非常爽快地答应了下来，活动前一天，五架崭新的雅马哈电钢琴配送到位。

考虑到韬奋小学报告厅有 LED 大屏，我决定把会议的地点放在那里。承办一个活动，有很多烦琐的事务，比如标语横幅悬挂、教室课务调动、会务手册及签到表格制作、联系中餐饭店、采购矿泉水等必要物资、安排参会教师停车、制作屏幕背景、调试控制舞台音响、拍摄活动照片，以及开具各种报销发票……如果有一个全能型的、办事果敢的人会省心很多，韬奋小学葛卫兵主任就是这样一位全能型的人才。我和葛主任相识在"金沙风"合唱团，他长我几岁，是 20 世纪 80 年代末的中师生，那个年代能考取中师、中专的都是人中龙、鸟中凤，摆在现在绝对是妥妥的"985"大学生。在那个以跳出农门为荣的时代，他们这一批中考时出类拔萃的佼佼者选择了中师，成了 20 世纪 90 年代后期共和国基础教育的基石。葛主任多才多艺，也是学校的中流砥柱。在合唱团，他是优秀的男高音，记得有一次合唱团参加庆祝通沪高铁通车的演出，他担任了《四度赤水出骑兵》的领唱。有一次，我遇到他带领一个学生参加通北片校园艺术节展演，诗歌朗诵得声情并茂。去年，他作为唯一的兼职音乐教师被评为区骨干教师。在学校，他是总务主任，管理着一千多名师生吃喝方面的各种杂事，还是学校的兼职音乐教师、校合唱团的指挥、学校舞台的灯光音响师，有时兼职校长办公室的文案工作……其旺盛的精力令人叹服。人找对了，事情就好办，整个对接过程中，不拖拉、不推诿、亲力亲为，有疑难及时反馈，葛主任真的是名副其实的实干家。兴东小学临时对接人何振锋主任同样是"金沙风"合唱团成员，除了比葛主任年轻几岁外，身上同样具备果敢、利索、靠谱等品质……有了两位主任的鼎力相助，七十人参加的活动，十八节公开课，一切都按照计划有条不紊地进行着。

　　白玉微有瑕。如果说活动有需要吸取教训的地方，那就是顾昊洲老师的发言时间我没有把好关，一刻钟左右的陕西镇巴支教经历，小顾老师硬是展开讲了一个多小时。从沿途的风景到汉中的美食，从汉中的婚嫁风俗到钱包失而复得的琐事……应该说，对小顾老师我最熟悉了，他的母亲和我是老同事。我刚参加工作不到一周，小顾老师就出生了，那时汽车不多，记得是我们刚参加工作的几个年轻力壮的小伙子把他妈妈从医院抬回教工宿舍的。后来，我在镇上开办电子琴培训班，他成了班上为数不多的早期学员之一。学琴的进度上，他比其他同班的孩子学的慢。幸运的是，他有一位懂得坚持的好妈妈，即使他琴练得不理想，他妈妈从来也没有想过放弃。直到 2005 年我离开通海那年，他 10 岁，才考完五级。很长一段时间，我再也没有见过他。忽然有一天，他妈妈打电话请我赴她儿子的升学宴，告诉我顾昊洲考上了南通师范音乐教育专业。我当时觉得很惊讶，在饭桌上我才知道原来我调走之后，他们一直没有放弃过对音乐的学习，另外又找了资深音乐老师学习手风琴和声乐。这么多年坚持下来了，考上南通师范音乐教育专业应该就不是什么奇怪的事了。环境改变人，也造就人，小时候一个不声不响的孩子，今天很阳光地在舞台上侃侃而谈，虽然讲得超时了，但是看到他那种自如投入的讲述、手舞足蹈的比画，这不正是我们期待中好老师该有的模样吗？

"音为有爱，乐系乡村"活动能够顺利地发展到今天，我要衷心地感谢区教体局的葛红玲副局长，每一次活动，不管自己的公务多么繁忙，她都会拨冗前来，她的到来也是给我们支教团队莫大的鼓舞。葛副局长要求支教团队成员要不断完善，超越自我，紧密团结，让一点点光亮汇聚成一道光束，照亮乡村孩子前行的路，把"音为有爱，乐系乡村"打造成一个响亮的品牌，走向更广阔的天地。

是呀，一定要带领团队走向更广阔的天地！

作者在第三届"音为有爱，乐系乡村"活动中发言

附：《白兰鸽》教案

一、教材分析

《白兰鸽》是苏教版六年级下册的内容。世界的音乐是多元的，美洲音乐文化是世界音乐的重要组成部分。本单元一共选了男声合唱《密西西比河》《白兰鸽》《蓝色狂想曲》《红河谷》《捷瑞克之役》等内容。其中，歌曲《白兰鸽》中大量休止切分节奏的运用让这首歌曲显得灵动而富有变化。多拍的长音以及多声部的旋律让歌曲旋律充满了迷人的色彩。20 世纪 80 年代后期，美洲歌曲《白兰鸽》传入中国，当年著名歌唱家朱蓬博的演唱让这首歌曲传遍了大街小巷，深受人们的喜欢。

二、教学目标

1. 学唱歌曲《白兰鸽》，感受歌曲所带来的活泼、欢快、积极、向上的情绪。

2. 运用发现法、分析法、列举法等认识并了解切分节奏。

3. 了解带切分音的节奏，能唱准切分节奏以及加延音线的音的时值。

三、重点与难点

歌曲中长音及带休止符的切分节奏的正确演唱。

四、教学过程

（一）导入

同学们好，认识图上这种鸟吗？鸽子是怎么叫的？有谁能模仿一下？让我们一起跟着琴声来模仿鸽子的叫声。

（二）发音练习

5　5 5 ｜ 5 5　5 ｜ 6 6· ｜
gu

（三）新歌教学

1. 聆听歌曲。其实，在音乐的世界里，也有一只美丽的鸽子，那就是美国词曲作家鲍温思的《白兰鸽》，我们一起来边听边思考。（播放原唱）

思考（1）：这首歌曲表达了什么样的情感？（蓝天下白兰鸽无比快乐的心情）

2. 乐理知识。（介绍切分节奏）

思考（2）：这首歌曲之所以在全世界迅速地流传开来，原因在于其旋律中大量地运用了重复和变化的技法，你能够找出完全相同的一句吗？（"哦，它是一只白兰鸽。"）

思考（3）：这一句不仅旋律相同，而且对应的歌词也是完全相同的，数一数其中"6"共唱几拍？"6"上的弧线我们称为"连音线"。如果连音线连接的两个音的音高相同，我们称之为"延音线"，它表示后面的音不需要再唱出来，把它的时值加到前面的音上即可。所以"6"共唱了七拍半。根据这一知识，我们试一试，找出"晨"和"翔"共唱几拍？

按照延音线的知识，|0 1̂ 3|后面的一半拍应该不用唱出，只要加上时值，实际应该唱成：|0 1̇ 3|，这一节奏型就是切分节奏的一种。切分节奏最大的特点就是重心位置发生了转移。

练习：学唱切分音符：|0 1̇ 3|（注意强调重音）。

典型的切分节奏 X X X (ti ta ti)

思考（4）：你能够找到歌曲中存在的刚才学习过的切分节奏吗？请把它唱出来。

其实，这样的切分节奏在生活中很常见，比如母鸡"咯咯咯"叫。请同学们把教室里的东西,用切分节奏读出来,比如:黑板擦、电风扇、日光灯,甚至同学的姓名都可以,等等。

3. 学唱新歌。

先学主歌部分。(1)巩固带休止切分节奏;(2)切分音符后面加上了延音线在演唱时,拍子怎么数?("希望"和"早晨")如果气息不足,可以少唱一些,(挑战最大值),时值一定要留着。

再学副歌部分。学会数"鸽"的拍数。从"2"开始数,一共数八拍。跟琴唱几遍,熟练后跟原唱唱一遍,跟着伴奏,直至唱对唱准,要有感情地演唱。

4. 欣赏 Paloma Blanca。

介绍作品背景。这首歌曲原名为 Paloma Blanca,是荷兰乐队乔治·贝克组合在美国演唱的一首歌曲,曾经拿下最佳歌曲奖,让我们一起来听听他们演绎的英文版《白兰鸽》。

在第三届"音为有爱,乐系乡村"教研活动中执教《白兰鸽》

（四）课堂小结

同学们还记得北京冬奥会开幕式上放飞白鸽的画面吗？今天，白兰鸽已经成为和平的象征。放飞白鸽也成了世界重大活动中的重要仪式，目的就是告诉人们要珍爱和平、珍爱生活。今天，我们学唱了《白兰鸽》，愿我们的同学珍惜友谊，珍爱生活，将来能像白兰鸽一样，勇敢、自由、快乐地翱翔在广阔的天地间。

添加了两个微信好友

　　一转眼又到了期末考核的时间，为了有利于平时教学管理，调动学生的积极性，同时也为了更好地接轨将来的艺术素养测试，期末考核采用了这样的办法：平时能够认真上好音乐课的学生给六十分的基础分，再出一张艺术素养测试的试卷，满分一百，折算成三十分，剩下的十分看同学自告奋勇的才艺展演。后两个部分的考试，要求在四十分钟内完成。才艺展示部分成了孩子们最大的挑战，也是最受关注的环节。一是时间有限，一般情况下一个班级只有二十分钟，这就意味着不是每个学生都有机会；二是能站出来表演需要足够的胆量，不是每一个孩子都有这样的勇气。

　　第一天下午，我把方案、试卷以及相关工作在群里布置完毕。根据安排，我负责考核五甲小学，因为这所学校平时是两个班级合在一起上的，所以时间显得更加珍贵。不可否认，现在互联网的发达也给很多乡村孩子学习艺术创造了更为便利的条件。才艺展示时，有不少孩子跳得有模有样，问及他们是从哪里学的，他们纷纷表示是从直播平台中学来的。直播确实丰富了普通百姓的生活，为一些拥有才艺的人提供了一个绝佳的展示舞台，增加了谋生的手段，同时也为多数人提供了一个随时随地可以消遣、娱乐和放松的途径。但是，对于青少年和儿童来说，时间和精力是宝贵的，这个年龄段的孩子不能把大量的时间消耗在快餐式的文化上。下面讲述的一个故事，就证明了我的担忧不无道理。

上午一场别开生面的音乐考试结束后，好多同学还"陶醉"在其中，因为是小学生涯中最后一节音乐课，不少同学依依不舍。有两位同学结伴帮我整理音乐课本，其中一位说："老师，我们要永别了！"我先是吓了一跳，追问下才知道孩子是用错词了。原来这个孩子表达的意思是，爸爸妈妈为了她能在城区上初中，在金沙买了一套学区房，不出意外的话，下学期她要到金郊初中上学，以后很难再见到我了。我说："没有关系，你们好好读书，如果有机会到金沙中学来读高中，我们又可以见面了。"两个孩子兴奋地问："老师，您有微信吗？我们都有自己的微信账号，可以加您。"我把电话号码留给了她们，告诉她们添加我为好友时备注一下自己是五甲小学的学生即可。晚上七点多，我的微信通信录里先后出现了两个备注为"五甲小学的学生"的陌生人，我一一通过。不一会儿，其中一个学生开始打招呼了："老师，吃过了吗？"出于礼貌，我回了："吃过了，有事吗？""没有。""有时间多读读书，少看些手机。"想不到的事情还在后面，第二天晚上九点半左右，我的微信里又同样跳出来一句："老师，吃过了吗？"一个六年级的孩子九点半应该准备休息了，怎么还在玩手机呢？于是，我赶紧批评道："九点多钟了还没有休息，明天怎么起来上学呀？""嗯，知道了。"这次批评还真有用，后来我的微信里再也没这学生来消息的提示声了。从这件细小的事件中，我们可以看出家长对孩子使用手机管控的比较宽松，不少父母因为忙于生计而忽视了对孩子学习和生活上的管教。离开了学校，老师鞭长莫及，那个孩子是否在批评之后真的放下手机休息了，我也无从知晓，这是值得深思的问题。事情虽小，却反映了乡村教育的现状，乡村的孩子除了需要美育，同时也更需要文化的滋养，我希望有更多的有识之士来关心乡村儿童的成长。这让我不由得想起初中教材中李海鹰作词、作曲的《弯弯的月亮》中的那句歌词："我的心充满惆怅，不为那弯弯的月亮，只为那今天的村庄，还唱着过去的歌谣……"

参加"中国国际合唱节乡村美育论坛"

在教育心理学中，有一个著名的期望效应——"罗森塔尔效应"，或者叫"皮格玛利翁效应"。简单地说，就是热切的希望与赞美能让奇迹产生。在第三届"音为有爱，乐系乡村"教研活动中，区教体局对我们金沙风公益支教团队提出了愿景，那就是要走出通州，走向更广阔的天地。对于这一个愿景，我时时刻刻都在思考着如何实现它。

念念不忘，必有回响。一日，郭教授在群里发了一条关于举办"中国国际合唱节乡村美育论坛"的通知。机会就是这样，就如这一通知，对于想做事的人就是一个千载难逢的机遇，对于不想做事的人就是一段毫无用处的文字。我立刻意识到这是个宣传"金沙风"公益支教团队绝好的契机，于是立马撰写发言纲要，并将电子邮件发过去。之后，我每天都在翘首企盼回复，希望一切都进展得很顺利。拿到"中国国际合唱节乡村美育论坛"的入场券后，我马不停蹄地准备发言稿，有了上一次宣讲的经历，这一次就从容了很多，经过数次修改定稿后，我让吴老师给我美化PPT，再一遍一遍地试讲，努力弥补普通话不标准的短板。有些遗憾的是，由于特殊原因，我不能到北京的论坛现场，但是退一步想，通过网络，或许观看的人会更多，知道我们"金沙风"公益支教故事的人会更多，同时，该论坛的云会议也让我学习到了很多新的知识，比如腾讯会议的使用、虚拟背景的调试等。

中国国际合唱节创建于1992年,至今已经走过了三十个年头,是目前中国最具影响力的合唱组织。为了让活动顺利圆满地取得成功,会务组提前三天进行了互动和网络的调试,为了万无一失,会务组要求所有发言的老师家中电脑的无线网络都改成有线的。

7月17日,活动如期开展。上午,线下会议阵容非常强大,郭教授主持了会议,中国合唱协会理事长李培智先生,中国教育学会音乐教育分会理事长蔡梦女士,南都公益基金会名誉理事长徐勇光先生,北京匈牙利文化中心主任宋尼雅女士,北京德清公益基金会发起人、中国合唱协会理事李克梅女士等重量级人物作为现场嘉宾做了精彩的发言。下午,来自全国二十二个省的五十五位嘉宾参加了六个分论坛。我被分在第三分论坛"乡村学校合唱团建设与浸润帮扶",作为最后一名发言者,从下午两点钟会议开始一直等到五点多钟,我才开始发言。白玉微有瑕,尽管前几天调试时很顺利,但是当天在播放视频环节还是有些卡,估计是对方那边网速出了些问题,因为会议中间湖南的一位老师的视频也卡了。远程会议的短板就是这些网络技术上出现差错的事情很难避免。当我发言结束后,首都师范大学合唱艺术与文化中心主任邵晓勇博士给予了充分的表扬和肯定,表扬了我区音乐老师的教育情怀与责任担当,肯定了我区在乡村艺术教育上的探索与创新精神!活动结束后,组委会出资将文稿出版成书,期待那本散发着油墨香味,凝聚着一线音乐老师智慧和心血的图书早日面世!

附:

《公益支教助力乡村合唱，歌声嘹亮响彻田间校园》

合唱是人类和谐美好的表现形式，也是心灵间交流的最好方式，对于青少年学生成长来说，合唱更是有着不可替代的作用。它可以让学生学会尊重，学会合作，学会倾听，学会分享……近年来，越来越多的有识之士认识到合唱在学校育人中的作用，许多校园合唱团如雨后春笋般纷纷涌现，呈现出了一派欣欣向荣的景象。然而，由于城乡发展的差距，学校的合唱活动也开始出现了两极分化，一方面是城市学校合唱水平的不断攀升，有的甚至跻身于世界的前列；另一方面是很多乡村学校的合唱活动进展困难，不少乡村学校因为缺少合唱的师资，只能羡慕与张望。

怎样缩短城乡学校之间合唱水平的差距呢？这是一个古老而又崭新的话题，说其古老，因为这一问题存在已久，说其崭新，因为有一群人在孜孜不倦地探索着新的出路。近年来，我们金沙风公益支教团队在支教的过程中，目睹了城乡学校之间在合唱水平上这一巨大的落差，我们将目光转向了乡村学校的合唱，开始了大胆的探索和实践，通过在试点学校开展帮扶，寻找一条适合我区实情的乡村美育发展特色之路。

一、课堂教学的延伸

2019年10月，通州区一批有爱心、有担当、有教育理想的音乐老师自发组建了公益支教团队，每周四上午分别奔赴没有专业音乐老师的乡村学校去上半天音乐课。支教老师的到来，让沉寂了多年的乡村校园里响起了嘹亮的歌声，让这些乡村学校的孩子也和城里的孩子一样拥有了快乐的音乐课堂。随着支教队伍的不断扩大，接受支教的学校也从最初的一所发展到今天的十一所，受益学生达两千多人，这有力地缓解了乡村学校学生对音乐教育的渴求与音乐师资不足的矛盾。在支教过程中，团队的老师们深切感受到了乡村学校合唱活动举办的举步维艰，大部分乡村学校根本没有条件建立合唱团，少数乡村学校原来建立的合唱团也因师资短缺而濒临解散。面对这一情况，2021年秋，支教团队做出了一个大胆的决定，除了完成支教学校的课堂教学任务外，再援助两所乡村学校合唱团的建设，经过再三考虑，我们把目标锁定在了兴东小学和韬奋小学。

兴东小学是一所拥有十几个教学班规模的乡村小学，原配有一名专业的音乐老师，建有"小春笋"合唱团。这个合唱团在乡村学校中原属于佼佼者，在区里、市里均获过奖。但是，随着名优人才流动，兴东小学陷入了没有音乐老师的窘境，合唱团的命运也可想而知。获悉此事，金沙风公益支教团队派出了两位骨干老师走进了这所学校，肩负起了该校合唱团的日常训练工作，将一个濒临解散的合唱团留存了下来。在去年全区"江海合唱节"的展演活动中，"小春笋"合唱团的孩子们重新登上了舞台。同年秋季，中央电视台第十七套推出了《田野里的歌声》系列节目，节目组向全国乡村学校征集同名歌曲的演唱视频，"小春笋"合唱团的演唱视频得到央视导演的认可，并在该年度最后一期节目中剪辑、录用，音乐将乡村娃娃的梦想带向了更远的地方。"雨洗娟娟净，风吹细细香。但令无剪伐，会见拂云长""今年的笋，来年的竹"，沐浴着和煦的金沙风，我们相信，今日的小春笋一定会成长为明日的拂云之竹。

如果说帮扶兴东小学是保护了乡村学校原有合唱团的有生

力量，那么帮扶韬奋小学则是对条件不足却依然在奋力向前的乡村学校拉上一把。韬奋小学是一所有着光荣革命历史传统的学校。1938年，日军侵占了南通，原南通县中被迫迁至韬奋小学旧址复课，1942年著名爱国人士邹韬奋先生在该校的银杏树下作了《团结抗战的形势》的演讲，鼓舞了无数热血青年奔赴抗战的前线，因此该学校被命名为韬奋小学。正如战火中坚持办学的精神一样，尽管面临着没有专业音乐师资的困境，"韬小"人并没有停止热爱合唱，学校在几位热衷于合唱活动的非音乐专业老师的努力下，组建了"小银杏"合唱团，积极参加片里和区里的各种合唱活动。金沙风公益支教团队认为，这样不轻言放弃的学校更应该得到帮助和提升，于是，开学初支教团队在人员紧缺的情况下，硬是挤出了两位"硬核级别"的老师走进了这所学校，开启了帮扶的征程。斗转星移，寒来暑往，经过不到一年的努力，"小银杏"合唱团在区合唱实验学校的展演活动中崭露头角，获得专家和评委的高度认可。"等闲日月任西东，不管霜风著鬓蓬，满地翻黄银杏叶，忽惊天地告成功。"相信不久的将来，"小银杏"合唱团定会迎来那遍地金黄的丰收季节！

二、合唱平台的搭建

作为全国艺术教育实验县之一，通州一直致力于"金沙风"合唱实验学校品牌的建设，全区十几所合唱实验学校每年都有一次汇报演出。为了鼓励孩子们登上更大的舞台，我们团队推动这两所学校作为乡村学校的代表参加展演。活动中，孩子们可以看到其他团队的演唱，找到自己的不足与差距。更加难得的是，有机会与国内合唱界的大师对话，比如中国合唱协会副理事长萧白先生、上海爱乐乐团艺术总监叶韵敏女士、苏州大学东吴合唱团的李长松先生等,他们都来指导过通州合唱实验学校的活动。与大师对话,孩子们大大地增长了见识,开阔了眼界。

除了要抓住现有的平台,还要想办法创造新的机会。从2020年开始,为了提高支教课堂的教学质量,金沙风公益支教团队每年举行一次"音为有爱,乐系乡村"教研活动,团队老师向全区音乐老师展示自己的课堂教学。经过三年的执着坚持,如今该活动已经成为地方音乐研讨活动的品牌和标志,每年吸引着数百名音乐老师参加。今年开始,"音为有爱,乐系乡村"教研活动又拓展了内容,把两所支教学校的合唱也纳入了展示的内容。其目的有三:一是自我加压,团队要求负责辅导合唱的老师一学期必须拿出两首像样的合唱作品。二是搭建平台,给合唱团成员创造一个磨炼的机会,有了小舞台的多次磨炼,将来到了更大的舞台才会更有经验。三是传递信息,用实际的成果告诉全区乡村学校的领导和音乐老师,只要大家愿意来做这件事,乡村学校一样可以把合唱活动搞得红红火火。

三、推广平台的运用

据统计,我国微信的活跃用户已经超过十二亿,微信平台的浏览量大大超过了报纸、杂志、电视等传统的媒体。2019年,为宣传支教事业,金沙风公益支教团队注册了微信公众号"金沙风",在推送支教活动的同时,我们还在公众号上发布孩子们的合唱视频和音频,转发到家长群和学校工作群中,让孩子们的歌声传遍千家万户。然而,美中不足的是,因为没有做好设备,手机拍摄的视频难以保证良好的音质。合唱是声音的艺术,为了追求完美的音质,我们想过去专业的录音棚录制，但是后来发现这样做不现实：一是专业的录音棚收费较高，乡村学校承担不起；二是学生的时间有限，很难和录音师的时间契合；三是大批学生出校园，安全隐患比较大。经过左思右想，我决定尝试流动录制的办法，自费添置了一套简易的、可以移动的录音设备，通过自学掌握了录音和混音的技术，在校园里选择一个安静的时间和地点，耐心地录制，加上后期精心地混音，事实证明，录制出来的音质并不逊色于专业录音棚。孩子清澈的歌声从我们的公众号上传播开来，孩子更加自信，家长更加支持，社会更加认可。

参加中国国际合唱节乡村美育论坛

据统计，现阶段我国义务教育阶段的学生约 1.42 亿，其中城市学生约 0.475 亿，乡村学生约 0.945 亿，乡村学校的学生数量约占全国义务教育阶段的学生总数的三分之二，可见国家下一代合唱素养的整体提升，关键在于把乡村学校的合唱事业做好。那么，乡村学校的合唱到底路在何方？鲁迅先生曾说过："这个世界本没有路，走的人多了便成了路。"公益支教助力乡村美育、助力乡村合唱，就是通州区教育人在长期摸索中探出的一条特色之路。百度百科上这样解释"公益"与"美育"：公益是公共利益事业的简称。这是为人民服务不求回报的一种通俗讲法，指有关社会公众的福祉和利益。美育是指培养学生认识美、爱好美和创造美的能力的教育，也称美感教育或审美教育，是全面发展教育不可缺少的组成部分。毋庸置疑，乡村美育是国家发展美育的重要组成部分，同时也是美育发展前进中的薄弱环节，而公益正好是这一薄弱环节的最好的补充。当然，弥补这一薄弱环节的方法还有很多种，需要我们一代甚至几代乡村美育工作者不断求索。尽管任重而道远，但我们相信，有了无数像中国国际合唱节、德清基金会这样的中坚力量的引领和关注，路虽漫长，但已在脚下。

写给支教团队中的年轻老师的一封信

团队里刚刚走上工作岗位的老师们：

你们好！

首先，为你们能加入支教团队，做这样一件有意义的事情点一个大大的赞。如果把人类的历史比作长河，那么每一代人都是长河中搭乘知识之船的乘客，人类的智慧就体现在善于将一代代人积累的经验传递给后来者。作为过来人，我想给你们几点建议，或许能帮助你们在前行中不断调整自己的方向，不断积蓄奔涌的力量，抵达理想的彼岸。

一、换位思考

刚刚走上讲台的你，可能会为学生上课不专注、不投入、不配合而烦恼。请记住，不要怨天尤人，更不要灰心丧气。古人云"知其心，然后能救其失也"，此时真正能带你走出困境的只有你自己，学会换位思考，走进学生的内心世界吧，很多问题会在那里找到答案。

刚入职时，我在课堂上碰到了很多麻烦的问题，学生们有的在音乐课堂上写其他科目的作业，有的调皮捣蛋，有的心不在焉……那时，我没有经验，经常是按下教学的暂停键，把他们狠狠地批评一顿。对一些过分出格的学生，下课后我还把他们喊到办公室继续训斥。碰到难以驯服的学生，还要交给班主任去处理。有时还把家长喊到学校协调处理，态度不可谓不严厉，但是收效甚微，甚至适得其反，弄得我焦头烂额、狼狈不堪。在很长一段时间内，我甚至害怕上课，怀疑自己是不是入错了行。

这样的困惑持续了很长一段时间，直至学校给每位老师发了一本苏霍姆林斯基写的《给青年教师的建议》，书中有一句话让我顿时豁然开朗："一个好老师意味着什么？首先意味着他是个热爱孩子的人，感到跟孩子交往是一种乐趣，相信每个孩子都能成为一个好人，善于跟他们交朋友，关心孩子的快乐和悲伤，了解孩子的心灵，时刻都不忘记自己也曾是个孩子……"我终于明白了，原来，那段时间出现了那么多的课堂问题，其实是因为我没有和孩子们真正交朋友，没有真正了解他们的心灵，遭到他们的排斥自然是难以避免的。于是，我开始换位思考，我经常在课后深入到学生中去，参加他们的聊天，参加他们的嬉戏，了解孩子们的各种兴趣。在备课时，我便思考如何把教学内容与学生感兴趣的内容联系起来，哪怕有一点点搭边也是好的。比如，以他们的兴趣点导入教学内容，或者用教学知识点来解决学生的某个兴趣点，等等。

当然，换位思考远不止这些，如对待学生的态度，给学生布置的作业、提出的要求等等。教育是人与人的一种交往活动，它与生活中人们之间的交往有着相通之处，懂得换位思考，很多交往中的难题就会迎刃而解。老子有云："万物之始，大道至简，衍化至繁。"那些看似纷繁复杂的教育枷锁，有时打开它的钥匙就是那么几个字。

二、倾听同行

2014年3月23日，著名钢琴家鲍蕙荞来南通演出，中场签名售书《倾听同行》，我有幸购得一本阅读并珍藏，书中记录了作者采访的许多国内外知名钢琴教育家的实录，读来深受启发，艺术家尚且需要倾听同行的声音，我们音乐老师在工作中更要学会倾听同行。

老师们，你们赶上了一个好的时代，我国艺术教育经过几十年的发展已经迎来了自己的春天，很多学校会有几名甚至更多的音乐老师。刚刚走上工作岗位，单位可能会给你安排一名师父，如果是那样，请你一定要倍加珍惜。因为有了师父的引领，你可以少走很多的弯路，缩短自己摸索的时间。如果单位没有条件安排，你也不要悲观泄气，要相信路在自己的脚下，尤其是在互联网如此发达的时代，没有什么能够阻止一个爱学习的青年的进步。

我在 20 世纪 90 年代参加工作，那时很少有学校有专职的音乐老师。记得报到那天，校长告诉我："你是我们学校建校三十多年来第一位专职音乐教师。"开学初，学校举行"青蓝工程"，师徒结对，与我一起分配的其他学科的新老师，学校都给安排了师父，鉴于我的特殊性，分管的领导开玩笑说让我自学成才。看得出来，无论在工作上还是在生活上，那些师父都像家长带自己孩子一样带着自己的徒弟，有了师父的引领，那些新老师一天天快速地成长。每次看到他们师徒互相研讨时，我心里就特别羡慕、嫉妒、失落，感觉自己像一个人没人要的孩子，被遗忘在角落里。好在我的骨子里天生有一股不服输的倔劲，没有师父，我就跟在其他学科老师的后面听课。当然，一开始有些非议，一个音乐老师听什么数学课、英语课，能听懂吗？时间长了非议也就慢慢消散了。在听课过程中，我发现虽然专业不同，但是课堂的管理、师生的沟通、教学的理念，还是有很多相通之处的。每一个老师都有自己的教学风格，有的幽默风趣，有的旁征博引，有的洒脱大方……当时如饥似渴的我看了谁都想模仿，想成为他们的模样。后来慢慢发现，我成不了他们，我只能吸收他们教学中的优点，再结合自身特点形成自己的风格。就这样，在不停的摸爬滚打中，在不断的总结思考里，我虽然没有师父手把手教进步那样快，但收获还是有的，特别在驾驭课堂能力上有了显著的提升。

倾听同行重要，被同行倾听同样重要。俗话说"当局者迷，旁观者清"，倘若有机会，你们可以大胆地邀请同行走进你的课堂，我相信你会得到意想不到的收获。记得有一次，一位体育老师来听我的课，一开始我认为他不懂音乐教学，不会提出有价值的意见，事实证明我的想法是错误的。他提出了一个一直被我忽略的问题，他建议我上课时不要老是把手插在裤兜里，这样会给人心不在焉甚至是傲慢的感觉。所以，我建议你们不要把"同行"这个词束缚在狭义的音乐教师身上，可以从广义上来理解"同行"这个词的含义，他可以是一切教育工作者，因为我们都在一个共同的行业，那就是教书育人。

倾听同行与被同行倾听对于刚刚入职的你们来讲都是必要的，建议你们多多抓住、创造这样的机会。

三、反思前行

读过《教育心理学》的你们，一定知道华东师范大学著名教育家叶澜博士关于教师成长建议的一段论述："一个教师写一辈子教案难以成为名师，如果写三年教学反思则有可能成为名师。"没有反思的经验只能是狭隘、片面、肤浅的经验，其教学水平最多只是经验的积累。唯有不断地反思，教育智慧才会不断地增长。

虽然一开始写教学反思是有些困难的，但是我相信师范大学毕业的你们肯定都会写日记，我们可以先写教学日记，在教学日记中发表一些对实际教学案例的想法，并结合教育原理进行思考，慢慢地就会接近教学反思。苏霍姆林斯基在《给青年教师的建议》中就提到写教学日记，他因受一位乡村医生二十七年坚持记录村里孩子身高体重的启发而开始写教学日记，一写就是三十二年，现在这些一手的教学日记成了全人类的精神财富。

还有不少的教学日记最后出版成书，如北京市海淀区实验小学张文峰老师的《留在瓦窑的歌》就是一本音乐老师的支教日记。著名教育家李镇西在给这本书作序时这样写道："我和大家是一样的，对学生的爱是一样的，对教育的执着是一样的，所遇到的困惑是一样的，所感受到的幸福也是一样的，甚至包括许多教育教学方法和技巧都是一样的！如果硬要说我和大家有什么不一样的话，那就是我对体现教育的爱、执着、困惑、幸福、方法、技巧的故事进行了些思考，并把它们一点一滴地记载了下来，还写成了书。"看，点滴的记载铸就了教育名家。

如果说名家距离我们太遥远，你们还可以看一看身边熟悉的名优教师，他们各有千秋，但是他们又有一个共同的特点，那就是阅读、思考、写作。写教学反思是通往优秀教师、名优教师的必由之路，同时也能带给我们满满的职业幸福感。

有些遗憾，我在你们这个年龄时还没有养成阅读写作的习惯，自然也不会读到这些中肯的建议，也没有人主动告诉我这些道理，否则二十几年的教学反思写下来一定是一笔不可估量的人生财富。不过不要紧，我认为人生只要找对了方向，什么时候开始都不算晚，都可以成为赢家。我非常欣赏一句名言：

"写作连接着不可能与可能。"仔细想想，确实是这么个道理，没有写作，我就不可能认识郭教授，自然也不会受他的影响做乡村公益支教，也就没有机会把兴东小学"小春笋"合唱团的演唱视频送到央视，中国国际合唱节乡村美育论坛也就和我没有什么关系，更不会有这本书的诞生。这些都是我学习写作之前认为不可能的事情，现在都变成了可能，相信你们将来一定有能力把更大的不可能变为可能。诚然，写作的过程是艰辛的，但是通过写随笔反思，我发现我从来没有像今天这样对音乐教育有过如此深刻的思考，在感性与理性的碰撞中，我也感到了生命比任何时刻都更加舒展与丰盈。

"长江后浪推前浪，浮世新人换旧人。"这是大自然亘古不变的规律，人类社会其实就是一代一代人在不断总结前人经验、吸取前人教训中前行的。现在有一个称呼年轻人的时髦用词叫"后浪"，因为有无数浪花不停地前追后逐，所以形成了波涛汹涌的大海。相信有你们这些满身活力、奔腾不息的"后浪"，乡村公益支教的长河将生生不息，滚滚向前！

  此致

敬礼！

温锦新
2022 年 8 月 24 日

附支教团队老师随笔：

点亮一盏灯

江苏省南通市通州区平潮小学　钱子禾

2012年，我有幸考入了南通师范高等专科学校，这是清末状元张謇开办的我国第一所独立设置的师范学校，在五年的师范时光中，我了解了很多一生为乡村教育做出杰出贡献的知名校友，我也要像他们一样，为乡村教育振兴做出自己的贡献。在母校，我曾报名加入了"火柴头"社团，这是一个爱心公益支教组织，在这里我有了支教的初体验。后来，我又去过许多位置偏僻且缺少艺术老师的学校开展活动，还去过社区进行暑期送学……我印象最深的一次是，我们去一所偏僻的学校送完教后，一个快毕业的学长感慨道："真希望所有的孩子都能享受到最优质的教育啊，我们的力量太微薄了，做得还远远不够啊！"望着孩子们那不舍的眼神，我暗下决心，工作后一定要将"火柴头"的光和热延续下去。

2019年10月，温老师在区音乐教师群里发动老师们参与公益支教活动，尽管那时我在学校担任班主任且课程安排得很满，而且还没有拿到驾照不能开车，但我还是决定克服困难，加入了这个有爱的大家庭。

在第一次活动，我被安排到五总小学支教。接到通知后，我迅速行动起来，翻找教材、撰写教学设计、制作课件，我的心情是紧张而又激动，还有一些担心，比如：五总小学会不会没有设备播放课件？经久不用的钢琴音准不准？那里的学生会不会顽皮？学生的基础能不能跟上教学安排？

我清晰地记得那一天，我骑着电动车，驶过一条条乡村小路，放眼望去，辽阔的田野、葱郁的树木、清澈的河流、蔚蓝的天空、清脆的鸟鸣，一切都是那么美好！我来到了五总小学，邱校长早早地等在那里，高兴地欢迎了我。他中等身材，不戴眼镜，交谈时显得高雅而又稳重，亲切的笑容里增添了许多和蔼。他领我到音乐教室，详细地介绍了设备情况和学生的学情，让我有了充分的了解，增强了上好课的信心。

第一次上课，我印象很深，这里的孩子们不但对音乐课的兴趣非常浓厚，积极举手回答问题，演唱声音相当不错，课后还主动捡拾垃圾。他们质朴、大方、憨厚，具有农村孩子该有的一切优点。两节课后，邱校长还热情地邀请我到学校食堂跟老师们一块儿用餐。教职工们围坐在一张张圆桌旁，像唠家常一样边吃饭边交谈，说着最近教室里发生的各种各样的故事，好似一个温馨的大家庭。我发现，第一次支教我就深深地爱上了这里。

在与孩子们不断熟稔的过程中，我欣喜地发现他们的进步足迹。记得有一次，孩子们学唱山西民歌《掏洋芋》后，我试探性地问："有没有人愿意上来做领唱？"话音未落，一位坐在最后排的男生就高高地举起手，而后走上台，勇敢、自信地领唱了歌曲《掏洋芋》，其他的学生则饶有兴致地加入了念白配合，当时我的心中充满了骄傲和感动，成就感满满。后来，在区"三独"比赛独唱的舞台上，我还看到了那个男生大方展示的模样，我相信这些经历一定会成为他一生难忘的记忆。

还有一次，我在五年级课堂上引导学生们讨论如何丰富歌曲《采莲谣》。几个女生不约而同地提出可以加入打击乐器来伴奏，我当即拿出所有的乐器，请她们上来尝试，经过学生们共同的聆听、思考、讨论、选择、创编，伴奏设计最终圆满完成。要知道，一个月前他们连这些乐器的名字和演奏方式都不知道，这是多么大的进步啊！

几个月下来，孩子们对我也由原来的陌生、紧张，慢慢地转为了亲近。孩子们每次在教室门口一看到我，都会兴奋地喊我"小钱老师"。我至今记忆犹新的是一个六年级的女生，每次见面她总是边打招呼边跑过来抱住我。天底下没有不散的宴席，再好的师生情也总有分离的那一刻，当学期末我分发毕业纪念礼物时，我隐隐看见了她发红的眼眶，那时的我觉得世界上没有一种职业比教师更幸福！我们虽然只相伴着走了一小段路，但已足够珍贵，就像歌曲《最好的未来》中唱的一样，"同一天空底下相关怀，这就是最好的未来"。

总有人问我：参加公益支教有什么意义？有的人说，这给自己增加了麻烦，又没有好处。还有的人说，缺少教育资源的地方多了去了，成千上万的孩子你们"救"得过来吗？凭着一己之力，确实是杯水车薪，但我想不能因为是杯水车薪就不去做。我非常欣赏母校南通高师的创办人、近代爱国实业家张謇先生的一句名言："天之生人也，与草木无异。若遗留一二有用事业，与草木同生，即不与草木同腐。故踊跃从公者，做一分便是一分，做一寸便是一寸。"在那个风雨飘摇的时代，他就是凭借这种"做一分便是一分，做一寸便是一寸"的精神，在近代中国，在南通，留下了一座座利国利民的工厂和学校，其实他留下的精神远比这些实体意义更大。我想，参加公益支教也是一样的,就是想在这些孩子的心里种下一个念头,一个关于真善美的念头。我坚信,这一个个念头就像点点微光,终会聚成一团火,燃成一盏灯。

和很多五总小学的孩子一样,我也出身于农村。曾经有过失望、彷徨与迷茫的青春,幸运的是遇上一些好老师,他们像一盏盏明灯一样指引着我,这才有了初中毕业的我考上师范,师范毕业后选择回到母校工作,现在又加入金沙风公益支教团队的人生阅历。

有的人把教师比作粉笔,不知疲倦地书写生命;有的人把教师比作蜡烛,燃烧自己照亮学生;还有的人把教师比作园丁,细心浇灌祖国花朵。可我更愿意做一盏灯,一盏不灭的灯,点燃希望,照亮乡村孩子们通往美的道路!

钱子禾

让阳光洒遍每一个角落

江苏省南通市通州区东社学校　顾昊洲

林语堂先生说过："梦想无论怎样模糊,总潜伏在我们心底,使我们的心境永远得不到宁静,直到这些梦想成为事实才止;像种子在地下一样,一定要萌芽滋长,伸出地面来,寻找阳光。"我心中一直有一个支教的梦想,很幸运的是,我刚工作不久就有机会实现它。2021年,我有幸参加了苏陕协作赴陕西镇巴县的支教活动。回首往事,我依然感慨万千。

远赴陕西前,我的心中是忐忑的,怕我自己教不好,怕语言上有障碍,怕生活饮食上会不习惯。但想想领导的信任和心中的梦想,我毅然搭上了去陕西汉中的列车。

与我对接的单位是镇巴县泾洋中心小学,学校的何校长十分热情,对我的到来表示热烈欢迎,亲自带我参观了校园,边走边介绍了学校概况和近几年的发展情况,言语之间流露了学校迅速发展的自豪,表达了对我们东部支持西部建设的感激之情。同时,也向我倾诉了他们的忧虑,虽然教学的硬件设施跟上了,但师资力量还不够,特别是缺少专职的美育老师。

在来之前,我提前做了些功课,从刚从镇巴县回来的曹钰老师那儿借来当地的教材,事先熟悉了一下,了解了镇巴县的孩子们的大体情况,准备了一些教案。尽管如此,我还是有些担心，孩子们能否适应我的课堂？是否喜欢我的音乐课？自己能否给孩子们留下一个良好的印象？

在我第一次踏进教室的那一刻，我发现一切的担心都是多余的，孩子们的表现让我十分惊喜与感动。我还记得第一课是在六（1）班上的，预备铃响后，我刚走到教室的过道时，突然听到教室里传来一声："预备！"随后响起了经久不息的掌声，继而伴随着整齐的"欢迎欢迎，热烈欢迎"。当我看着孩子们真挚的眼神和那一张张淳朴的笑脸时，所有的担心都烟消云散了。

孩子的热情给了我很大的信心，让我能更好地去面对接下来碰到的所有困难。刚开始的时候，因为经验不足，我在教学中过于注重学唱，而没有注重拓展，虽然学生们都学得很认真，唱得很响亮，但我总感觉教学少了些互动。好在有学生课后主动与我交流，让我的课堂教学及时得到改进。记得在教完歌曲《歌唱二小放牛郎》之后，有学生跑过来说他们想了解这首歌曲背后故事，我连夜修改了教案与课件，搜集资料，努力把歌曲背后的故事结合在歌曲教学中，讲给他们听，并让学生扮演角色，表演故事的情节，这对课堂教学质量的提升起到了很好的效果。陶行知先生说："真的教育是心心相印的活动，唯独从心里发出来，才能达到心的深处。"我和这些孩子虽然只是一同度过了短短三个月的时间，但是课间经常的交流让我和很多孩子成了无话不谈的朋友，在交流中我能知道他们希望我教什么，晚上我就及时修改我的教学内容，调整我的教学方向，就这样，课堂上师生关系也越来越融洽。慢慢地，孩子们在音乐课上跟我有了互动，学习乐理时，他们会专注地倾听，欣赏歌曲时，他们的身姿会随节奏摆动，当我介绍歌曲背后的故事时，孩子会听得津津有味。是孩子们的信任与喜欢，给了我信心和力量。我很感恩在我短短的执教生涯中，遇到这样一群淳朴的孩子，让音乐课成了一次次师生神驰的双向奔赴！

在支教的日子里，泾洋中心小学艺体组老师们的敬业精神给我留下了深刻印象，尤其是和我一样教音乐的周玉萍老师。虽然她不是音乐专业科班出身，但她将毕生的心血都倾注在了音乐教学中。她会利用课间来跟我讨论怎样去配好每一首乐曲的伴奏，怎样去吸引孩子们的注意，怎样用言简意赅的方式让学生学会欣赏。我也会利用闲暇时间向她了解泾洋中心小学孩子们的基本素养，向她请教镇巴县当地民歌的唱法。有一次，学校的大队辅导员余琳老师找到了我，希望我能帮助他们组建鼓号队，我欣然接受了这一任务。于是，我们一起挑选学生，一起利用课余时间排练。经过师生们共同的努力，短短一个月时间，一群零基础的音乐爱好者变成了一支能在升旗仪式中整齐演奏的鼓号队，望着他们穿着统一队服，神气地吹着号、打着鼓，一个个气宇轩昂的样子，一切的汗水与付出都化成了心中的欣慰。

对我来说，支教不仅是一种付出，更是一种阅历和内心真正的成长。古语有云："事非经历不知难。"以前，我对大山深处的困难的了解只是来自电视剧和文学作品，有了镇巴的支教，我才真正零距离触摸到山区，体悟到贫穷和落后带来的无奈与心酸。

我支教的泾洋中心小学地处县城，尽管周边山路颠簸，交通不便，师资短缺，但这所学校在镇巴县还算是很好的学校。在镇巴县城下面还有不少乡镇，偏僻遥远，进村后只能步行，真的是山路十八弯。有一次，我们去甘肃省青水县援教的时候，才知道竟然有很多学生因为交通不便，从来没有去过县城。那里有很多学生的理想就是能考上大学，将来走出大山，学有所成，再回家乡。可现实却是残酷的，一些偏远山村的孩子出于种种原因无法实现通过读书改变命运的理想。我真希望能有更多的教师去那里交流、援教、支教，那里的孩子很需要优质的教育。有了对比，才知道自己是何其幸运，生长在教育资源较为完备的地区，也更清晰地认识到作为一名当代青年教师，我们应尽我们所能去帮助这些山区的孩子，让阳光洒遍每一个角落。

短短三个月的镇巴之行画上了句号，但我的支教之旅才刚刚开始。记得近代爱国实业家张謇先生说过，"踊跃从公者，做一分便是一分，做一寸便是一寸。"回来后，我想在工作时间之外为我区的乡村音乐做一点事情，正好遇到了金沙风公益支教团队，这里有一群志同道合的热心肠的音乐老师，他们每周给没有专业音乐老师的乡村学校上半天音乐课。加入团队后，我被安排到庆丰小学和唐洪小学，来回奔波固然辛苦，但我觉得在这个团队里，我们一起研究教学，一起奉献爱心，一起携手成长，作为刚工作不久的年轻老师，又是何其幸运！

于我而言，支教是一种体验，趁着年轻，我总想出去看看，去见见外面更辽阔的天地。支教也是一种历练，磨砺着我的思想，激励着我前行。支教还是一盏明灯，照亮了我在教学之路上前行的方向。支教更是一首青春的赞歌，丰富了我的人生阅历，荡涤了我内心的尘埃。

昔闻汉中市，今来镇巴县

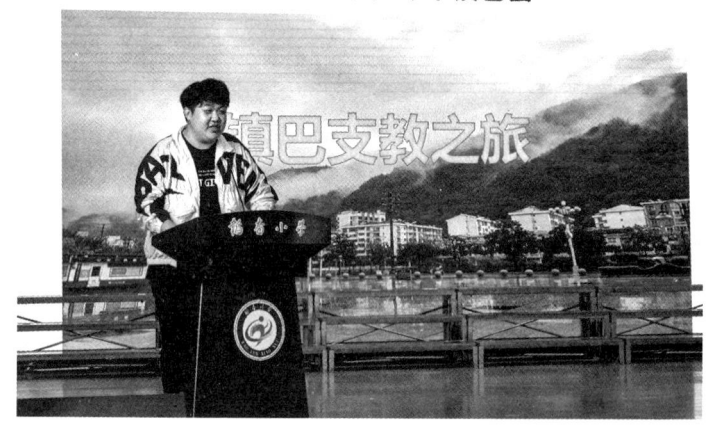

顾昊洲

携手同行，一起成长

江苏省西亭高级中学　黄　锐

我来自农村，曾经就读的小学和当时中国大多数乡村学校一样，教室简陋，师资短缺。我记得当时学校一共只有四间教室，几名老师。我的大伯既是校长，又兼教语文、数学、思品、音乐、美术、体育……在我幼小的心灵中，大伯是一个知识渊博的人，我什么作业不会做都可以问他，童年时我的志向便是长大了要成为像大伯这样有学问的老师。影响我走上音乐教育道路的还有一位重要的人物，那便是我的母亲。母亲很爱唱歌、听歌，在那个年代，接触音乐的主要渠道是家家户户都有的广播，在我的记忆中，广播里播放的歌曲母亲只要听几遍就会唱。劳作的间隙、睡眠之前……只要和母亲在一起，她常常会哼着一些好听的歌曲。从小耳濡目染的我也开始对音乐产生了浓厚的兴趣。记得小时候，我最开心的事情就是上音乐课，身体瘦小的我每一次音乐课之前都要争着抢着去和同学们搬那台破旧的风琴，就为了摸一摸那些黑白相间的琴键，有时趁着老师不在，还可以偷偷在上面弹几下，感受那奇妙的声音……当我高中提出要学习音乐专业时，母亲特别支持，并省吃俭用供我读完了大学。当我成为一名高中的音乐教师时，那些童年的画面还常常浮现在脑海里。一个念头在我的脑中渐渐清晰：我想去支教，我想用自己所学的专业知识帮助更多像我一样的乡村孩子。

前些年，人事科召集老师去镇巴县支教的消息一发布，我热血沸腾，脑海中已经浮现自己在山区带着孩子们上课的情景。然而，现实给我浇了一盆凉水：我的孩子还小，而且额头受伤刚刚缝了七针，我实在放心不下，所以那条编辑好的报名信息最终没有发出去，就这样我与镇巴支教失之交臂。当我在朋友圈里看到南山湖小学曹钰镇老师在镇巴支教的故事时，心里羡慕不已！

机会终于来了，前年3月我获悉金沙风公益支教团队在招贤纳士，我再也不犹豫了，果断地报了名，很幸运地加入了这一光荣的大家庭，圆了自己的支教梦。团队考虑到我的实际情况，把我分到了离我单位只有几公里远的村小办学点——亭西小学。这是一所历史悠久的学校，但是因为地理位置接近主城区，很多生源都去了城里，导致如今每个年级只有一个班级，每个班级只有二三十名学生，学校里一直没有配备上专业的音乐老师。

作为一名高中音乐老师，我虽然也听过一些小学的公开课，但真正走入小学课堂，心里还是有些发怵的。毕竟学生的年龄、学段不一样，村里小孩们的基础怎么样？歌曲能很好地学会吗？活动环节学生能配合吗？这些疑虑在我上完第一节课后便完全打消了，他们勇于表达、大胆展示，课堂气氛很活跃。

去年六一前夕，支教学校让我帮助他们辅导几个节目，这样我就和这些孩子有了更多的接触时间和机会。中午，孩子们看到我，会兴奋地奔过来，搂着我的胳膊带我去看校园里的花花草草，介绍班里的同学，给我看他们画的画、写的字，甚至其他老师发给他们的书签都想送给我。"黄老师，这朵广玉兰开了，昨天还是花骨朵呢，你快闻闻，好香呢！""老师，这里还有五颜六色的花，可是我不知道叫什么名字。"我会告诉他们："这是格桑花，是一种生命力极强的花，可以生长在极寒的青藏高原上，也能耐高温。希望你们也能像格桑花一样，不怕困难，顽强拼搏，绽放梦想之花！"

不知不觉中，我加入金沙风公益支教团队已有两年了。孩子们从三、四年级升入五、六年级，看到一张张慢慢变化却依然稚气未脱的脸蛋，从刚开始的调皮，到现在变得懂事，我倾听着他们生命拔节的声音。我记得有一个小男孩，之前上课一直是游离在课堂外的，别人上课他跑出去喝水、洗手、做手工……开始时，对于这个小男孩的行为，我也有点头疼，不知道怎样去管理，也怕引起他过激的对抗行为。偶然间，我发现他其实很喜欢唱歌，身体协调性很好，我在课间请他唱着歌做动作，并且表扬了他。到上课时，我鼓励他表演给同学们看，他一开始有些害羞，看着其他的同学一个个站起来表演，他终于主动举起了手，出色完成了表演并获得了同学们的掌声。在一次次鼓励中，他逐渐学会了自律，也渐渐地融入了班集体。

其实，在支教过程中，我也在跟着孩子们一起成长。去年6月中旬，团队组织开展了一次公益支教教学研讨活动，我报名参加了。我选取的是四年级的《热爱地球妈妈》，这是一首带有二声部的歌曲，开始时我对二声部的教学认识不够，高估了孩子们的音准和识谱能力，结果教学效果不尽如人意，当我看到课堂上孩子们极力想配合但却始终达不到预期效果时，内心特别着急和难受。痛定思痛，有了这次经历之后，我决定沉下心来研究小学阶段二声部的教学。我查阅了不少关于小学阶段二声部教学的资料，发现原来有不少办法可以很好地解决这一难题。在后来的教学中，我常常教学生用柯尔文手势唱三度五度的和声音程，有时候也尝试着把歌曲中原有的二声部改得更简单易唱些……一段时间下来，课本上出现的二声部歌曲，学生们基本上都能在一两个课时内唱好。隔行如隔山，隔着学段的教学也隔着很大的学问，所以要在教学中不断发现它、研究它、解决它，当然自己也在这个过程中享受着教学带来的成就感和快乐。

在支教过程中，我不仅自己获得了成长，还能带着接受支教的学校的老师一起成长。这学期伊始，我对口支教学校的李校长要求他们学校的兼职老师每次都要听我的课，这是一项具有长远眼光的举措。靠着我们支教团队来上课，那是"授之以鱼"，支教老师帮助提高乡村学校的兼职老师的教学水平才是真正的"授之以渔"。其实，兼职老师在常规组织教学的能力上，丝毫不比我们专职老师逊色，甚至更出色。他们主要的短板就在键盘和范唱以及一些专业的音乐知识和教学理念上。为了尽快补足这些短板，每周备课时，我都按照大单元教学的要求写好教案，在课前或者课间，鼓励兼职老师把歌曲的旋律在电钢琴的 C 调上弹出来，纠正其中的不准确节奏和编配。

有时是我来伴奏让他来演唱，同时有目的地把本课中涉及的乐理知识解释明白……我真心期待过一段时间后，我们能够互相听课，互通有无。如果有一天，他们能够独当一面，那就是学校孩子们的福气，到那时就可以实现一到六年级每周两节音乐课的国家规定的学时计划了，我满心期待那一天的到来！

我非常欣赏一部电影里的一句经典台词："这个世界因为有了我而一点点地不一样……"为了这一点点的不一样，我总是想着再多分析分析教材，多设计一些活动，多练习练习钢琴伴奏……总是想着能和一所乡村小学的师生一起进步，共同成长。

黄 锐

一路同行一路歌

江苏省南通市通州区教体局　钱晓慧

"时光不语,流年不言,我们以为那些偷偷溜走的时光,或许催老了我们的容颜,却也丰盈着我们的人生。"

"金沙风"的故事还得从2014年的那个炎热的夏天说起。记得是暑假的一天,音乐老师们从通州的四面八方集结到金郊初中的会议室,从那时起,我们有了"金沙风"的第一个品牌——金沙风教师艺术团,从此"金沙风"的队伍不断壮大。

温老师自称为一名支教背包客,2019年他与几名志同道合的老师一拍即合,从此"金沙风"又多了一块意义非凡的品牌——金沙风支教团队。

归队更是归心

人的一生总要扮演多重角色,也必然肩负起多种责任。2019年的教师节,我光荣地成为一名"二孩妈妈"。正如我错过那年金沙风教师合唱团在南通市庆祝中华人民共和国成立七十周年合唱比赛中夺魁的那一辉煌时刻,支教团队成立时,我也没能赶上"首发"。在产假中,我默默关注着团队的活动,始终记挂着团队的动态。产假结束,还在哺乳假期的我,第一时间加入了金沙风支教团队,去的第一个支教学校是区内唯一的村小——亭西小学。作为一名高中音乐教师,我该如何改变以往的教学思维、教学语言、教学风格，去和一群天真活泼的娃娃共度音乐时光？我一直在做着角色转换。

不久，在亭西小学召开了首次"音为有爱，乐系乡村"教学研讨活动，我及时与小学的音乐老师进行沟通与交换意见，欣然地参加了公开课展示，并执教了《萤火虫》一课。课堂取得较好的成效，孩子们的歌声很优美，在音乐声中感受到萤火虫的生命意义，虽然渺小，但始终努力地发光聚能，虽为萤火，不吝微光。在支教团队的第一次集中活动上，我上台分享感悟，不知是孩子们的天真烂漫、乡村教师的质朴担当触动了我，还是归队的久违归属感、复杂的情绪涌上心头，从教将近二十年，我从未有过像那次一样在众人面前潸然泪下到难以自已的经历，每每回想起来，心情还是难以平静。

后来，我又去了五窑小学、五甲小学等学校，这些乡村学校都犹如远离城市喧嚣的世外桃源，开着车行进在乡道上，两边的农作物随着四季的交替变换着，有时放慢车速，摇下车窗，去感受乡野的气息，空气夹杂着植物的独特味道，清新的风扑面而来，此时的我犹如一名采风的音乐工作者，乡村让我的心灵回归自然的平静。我也想何时有机会，应该带着自己的孩子到乡村的学校走一走、看一看，用心感受农村小学有别于城市学校的另一种纯美。

坚守与情怀

2021年9月，我到通州金沙北边的庆丰小学支教，记得第一次去庆丰小学，在通往二楼音乐教室的楼道里，挂着数幅油画，颇有艺术气息，再往上走，一位名叫丁晓晖的美术老师的简介映入我的眼帘，丁老师曾求学于中央美术学院、中国艺术研究院油画院，从事乡村美育工作三十年，创办了丁晓晖油画学坊。我来到音乐教室，孩子已经陆续进教室坐了下来，一名男老师迎面走来，对照刚刚看到的简介上的照片，我想，这位便是丁老师了。简短的互相介绍后，我便开始了第一节音乐课，丁老师也拿着听课笔记和音乐书，在最后一排坐下，边听并记录，有时和孩子们一起做柯尔文手势，一起打节拍，一起哼唱，那个画面让我记忆深刻。

课间，丁老师带我参观了他的油画教室，我好奇地张望，不时地发问，不大的教室里几乎放满了孩子们创作的大大小小的油画，有风景画，有静物和人物画，色彩明快，童趣盎然，透过这些画，我仿佛看到孩童内心的斑斓世界。我们都说教育是良心活儿，是耐心活儿，我感慨于在这样一所不大的乡村小学，丁老师坚守着这颗美育初心，从一点一滴、一笔一画开始，带着农村孩子们触摸着高雅艺术的脉搏，引领他们用画笔描摹未来与蓝图，这是真心与美好的邂逅，更是生命与情怀的遇见。

乡间的温暖童声

2022年，我被安排到韬奋小学进行合唱教学，韬奋小学是区内的"金沙风"合唱实验学校，学校的葛主任身兼数职，总是那么忙碌，听说他读书时在学校演唱、书法样样精通，他却谦虚地说自己是个非专业人士。一曲《水乡外婆桥》将我的记忆拉回了一年以前，韬奋小学的"小银杏"合唱团要参加区里的展演，这是由葛主任独自一人"盘"起来的合唱团，因为缺少一名钢琴伴奏，邀请我前往担任。排练中，葛主任变着法儿地用自己独特的方式训练孩子们，比如用刷牙的方式找到微笑的状态，模拟蚕宝宝吐丝感受气息下沉的感觉，孩子们乐在其中地配合着，我在钢琴前静静地观察着，真是有趣、有效。孩子们努力地展现自己，在区内的合唱展演舞台上精彩亮相，获得佳绩。

上次匆匆一别，有的孩子已经毕业，"小银杏"合唱团又补充了一些新团员，合唱团里也不乏一些"留守儿童"，合唱的排练过程中，孩子们用音乐架起友谊的桥梁，用音乐的力量温暖彼此，他们嘹亮的歌声回荡在教室里，也一直萦绕在我的心头。我们以音乐为养分，用心栽培，用情灌溉，与他们建立起心有灵犀的默契，一个手势乃至一个微表情，孩子们都能心领神会。

音乐教育用她独特的密码开启儿童的心灵之门，乡村的儿童在合唱声中感知真善美，在合唱实践中把小我融入大我，用清澈的童声唱出心声，唱出自信。

支教也是双赢

在支教过程中，我感受着通州各地的乡音与风情，结识了那么多扎根乡村一线的老师，他们用青春、奉献将希望的种子播撒在通州农村学校，用真情与责任守护乡村学子。我常在思考，短期音乐支教如何在农村学校发挥最大的育人价值，我们不仅要为农村学校送教，更要送优质课、高效课，让音乐真正走进乡村孩子的心中，并以此为支点，撬动他们的美好梦想。

一名师范生从走出大学校门，到走上工作岗位，从会教、乐教，到教会、教好，要经过多少次的反复备课，多少节课的实践,多少回的课后反思,才能逐渐积累起丰富的经验。古人云:"学然后知不足,教然后知困。"支教团队中一群年轻的老师,面对基础薄弱的孩子们,他们变换教学方法,转变教学思路,尊重差异,因材施教,这就是我们常说的教学相长。在支教过程中提升自我,重新审视自我,对于我们的教学生涯来说,不仅是一次难得的经历,更是一笔宝贵的教学财富。回望点滴,经由城市与农村,一路奔跑,收获满满。也许通往幸福之路的行动,不是先给予后收获,而是给予即是收获。

乡村振兴路,美育不缺席。我们对高品质美育事业一直在追求的路上,且行且歌,从未停歇。让艺术教育的阳光撒遍通州的每一所学校,用美妙的音乐涵养美好心灵,让音乐成为学生一生的挚友,培养他们的高雅品格和音乐素养,我们将满怀爱与期待再一次出发。

钱晓慧

向美而行

江苏省南通市通州区教体局　陈　梅

来时的路

我是个路痴，不管去哪里，导航是必需的。但是，我们金沙风公益支教团队的领头人温锦新老师告诉我，去忠义初中的路有一点复杂，导航会带着你打圈瞎跑。他非常仔细地告诉我从金沙东大市场向东出发，走到一个加油站左拐弯向北行，然后开始导航就不会错了，并且把路上的标志发给我看。有4个标志非常明显，但是对我来说，脑子依然处于混沌状态。上课那天，我早早出发了，车开得慢慢悠悠、战战兢兢。到了金通公路的第一个加油站，我停了车。对照温老师给我的提示，此时的加油站和图片上的加油站不一样呀。我寻思着：温老师说东行10公里有个加油站，那么现在我行了几公里了呢？阳光甚好，我眯着眼睛对着手机一筹莫展。加油站的工作人员看着我停车，原地转圈，就是不加油，心里肯定在嘀咕：这司机是怎么回事？说实话，我不好意思再咨询温老师。于是，我继续忐忑前行。当看到路右边出现第二个加油站时，我哑然失笑：其实这条东行之路真的很简单，就是因为不熟悉，生怕错过路口，所以，始终绷紧弦，让这条路显得特别漫长。

左转弯向北行车的时候，我的心情逐渐明朗起来，小河悄悄流淌，小树静静伫立，那细细柔柔的绿意迎风而来！突然，我激动起来，这些风景怎么如此熟悉？记忆中的过往像电影一样翻出她的旧模样。

1990年，我师范毕业被分到三余小学，这条路就是金沙通往三余的必经之路呀，整整一年，我乘着公共汽车在这条路上不断来回颠簸，路边的每一棵树、每一条河、每一个路口、每一间房屋，就在风里雨里的公共汽车上，在或坐着或站着或拥挤或无人的停停靠靠中深深地刻在了我的脑海里。在三余小学的一年，应该是我职业生涯中最辛苦、最丰富，同时也是成长最快的一年。在那一年，我一周6天18节音乐课，最多的时候代班主任上22节课，早晨带舞蹈队，傍晚带合唱队，夜晚有时候教老师们唱歌跳舞，没有电灯，就点着煤油灯在办公室弹着风琴大声歌唱。有时候，我在宿舍里跟着其他老师学习织毛衣、手套、围巾。在星期天，帮三余中学学生排节目，去工厂教工人唱歌，去政府帮忙演讲好人好事……我参加工作后获得的第一张荣誉证书就是三余镇政府发的比A3纸还要大的"优秀团员"证书。

一晃30年过去了，当年合唱队的学生已经是孩子都上了初中的母亲，我们又在"金沙风"合唱团再次相遇。我觉得，三余小学的工作经历就像一道斑斓的彩虹，美美地落在了人生的长河中。路还是这条路，只是石子路变成了柏油路，两旁的平房变成了楼房。我也似这条路吧？我依然是我，脸庞还是那脸庞，只是脸上多了副老花镜；头发还是那头发，只是黑头发中藏着些许白头发……好在来时路上没有停歇过，所以回望时，阳光依旧明亮灿烂。

厚重的书

走进忠义初中的校门，传达室的保安问我："你是从金沙来上音乐课的陈老师吗？"我暗自思忖：是不是我的蓝印花布衣服太过奇特，所以他们会猜到我的身份？还没有等我回答，他接着说："校长告诉我们，今天来上音乐课的是教体局的陈老师。来来来，我帮你测个体温。"呵呵，这个保安大哥真的很可爱，就这么热情地断定我是陈老师了。我笑着把手臂伸向他："你们校长真厉害，把支教老师的情况摸得很清楚呀。"保安大叔更热情了："是的，昨天就通知我们啦。你的车停在哪儿，方便不方便？我们学校不好找呀……"路上50分钟的疲惫就在保安大哥的问长问短中消失殆尽。

孩子们陆续进教室了，我从他们的眼神里看到了青春的光芒。待他们有序坐下，我开始介绍自己："同学们好，我叫陈梅，今天的音乐课，陈老师和大家一起学习。好，上课！""起立，立正！"随着班长的口令，孩子们齐刷刷站成一道风景，声音响亮地喊："老师好！""同学们好！"我也愉快地向孩子们鞠躬。可是，当我直起身子，却看见最后一排座位上的人认真坐着。我心想：奇怪，这学生没有站起来，是要给我个下马威吗？我笑着说："同学们的问候声音响亮，非常好。但是，还有一个同学没有站起来呢。"同学们随着我的目光向最后一排的方向看去，突然爆发出惊天笑声："这是我们的陈校长！"哎呀，你遇到过这样尴尬的事情吗？我真是太迟钝了，校长就这么悄悄地坐在我的课堂上，而我竟然把他当成了学生！此时的"剧情"太过尴尬，陈校长和我都笑了起来，孩子们也在笑。"同学们，陈校长对你们太好了，今天他来和我们一起来上音乐课，大家鼓掌欢迎……"

陈　梅

其实和尴尬相比，我内心的感动更多。学生的成长离不开德智体美劳全面教育，不管是城市还是乡村，不管是小学还是中学，端正的思想、健康的体魄、内在的审美素养都不该缺失。今天，陈校长能来听音乐课就是重视艺术教育，重视学生的审美素养。一名校长就是一本厚重的书，不管学校大小，无论荣耀几许，有底蕴的书才真正值得阅读。今天我上课的内容是《香格里拉并不遥远》，之前我研究教材，撰写教案，回家后认真练琴唱歌。我的初心就是给孩子们留下美的歌唱，在他们心里种下美的种子，不负音乐老师的责任，不负学生们对音乐课的期待，但是我并不知道陈校长前来听课，想必香格里拉的美好也同样留在了他的记忆深处。忠义在通州东北部的"犄角旮旯"处，陈校长为了农村孩子的全面发展，每天都在努力奔波，默默坚守，他就似一门厚重精深的课程，值得我潜心研究，深度学习，因为乡村艺术教育发展之路，我们要一起向美而行！

后　记

　　我从小在乡村长大，听惯了鸟雀的啁啾、秋虫的呢喃和夏夜的蛙鸣……我最喜欢的声音还是校园里的歌声。回忆童年，乘着歌声的翅膀，我们的心可以飞到很远的地方。多少年来，不管多么偏僻与落后，只要还有孩子们的歌声，乡村学校就充满着生机和活力。曾几何时，乡村学校开始变得冷落与寂寥，因为没有美育师资，音乐课成了乡村孩子的一种奢望。其实，乡村的孩子应该和城里的孩子一样，他们的童年里也应该有诗、有歌，还有梦想。为了每一个乡村孩子的童年都有生命的憧憬，都能感受到自信和希望，一次偶然的机会，我走进了一所农村初中开启了支教之旅。当我掀开满是灰尘的琴盖，抚摸着已经走音的琴键时，我感受到的是一名音乐老师肩上难以推卸的责任。在一群人的努力之下，我们成立了金沙风公益支教团队，每周来回奔波在城乡之间，让江海大地广袤而寂静的田野上飘扬起了最为动人的歌声。这田野上飘扬的歌声唱出的是希望与愿景；这田野上飘扬的歌声唱出的是欢欣和美好；这田野里飘扬的歌声唱出的是温馨与感动……为了记录这三年多的温馨与感动，我撰写了这本《让歌声在田野上飞扬》！

　　在本书即将付梓之际，我要衷心感谢国家艺术教育委员会副秘书长郭声健教授为本书写下精彩的序文，要感谢我的同窗好友朱雪峰为本书题写了书名，要感谢葛风芹女士为本书出版前前后后的辛苦付出，要感谢团队中五位老师撰写了自己的支教体会，让我们的支教故事更加鲜活与丰满，最后，还要特别鸣谢团队的每一位成员，因为大家默默无闻、不计回报的付出，我们金沙风公益支教团队才走到了今天。他们是：陈梅、陈秋瑶、陈小燕、陈鑫莹、陈元文、曹鸿光、曹钰、单吉平、管红娟、顾昊洲、葛江云、黄锐、黄艳、姜励、罗娜、刘胜男、钱晓慧、钱怡、钱子禾、孙红霞、孙佳怡、王佳雨、吴量、徐婷、邢雪梅、尹林飞、杨舒等。

江海儿女多壮志，田野歌声分外亮。愿这本《让歌声在田野上飞扬》能够影响更多的人来关心乡村的美育，愿江海大地上涌现出更多的志愿者，为振兴乡村教育做出贡献！

温锦新
2022 年 9 月 20 日

218 - 让歌声在田野上飞扬

金沙风公益支教团队合影一

金沙风公益支教团队合影二

金沙风公益支教团队合影三

金沙风公益支教团队合影四